KB032859

그라운드의 사령관

그라운드의 사령관 7

예성 현대 판타지 장편 소설

초판 1쇄 찍은 날 | 2016년 11월 09일
초판 1쇄 펴낸 날 | 2016년 11월 16일

지은이 | 예성
펴낸이 | 예경원

기획 | 위시북스
편집책임 | 박우진
편집 | 이즈플러스

펴낸곳 | 예원북스
등록번호 | 제396-2012-000132호
등록일자 | 2012. 7. 25
KFN | 제1-039호

주소 | 경기도 고양시 일산동구 호수로 646-24 위너스21 II 빌딩 206A호 (우)10401
전화 | 031-819-9431 팩스 | 031-817-9432
E-mail | yewonbooks@naver.com

ISBN 979-11-5845-368-8 04810
      979-11-5845-578-1 (set)

WISHBOOKS MODERN FANTASY STORY

예성 장편소설

그라운드의 사령관 ⑦

Wish
Books

CONTENTS

1장 옵트아웃   7

2장 찬열의 진면목   81

3장 80개의 홈런   127

그라운드의 사령관

4장 디비전 시리즈   201

5장 챔피언십 시리즈   241

6장 첫 번째 반지   279

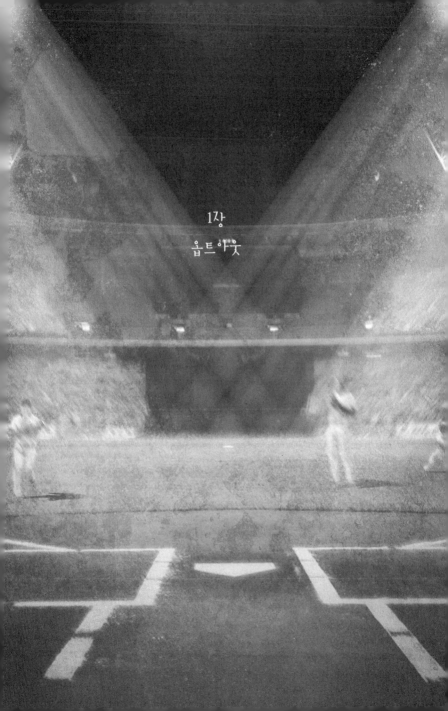

1장

옵트아웃

그는 모든 집중력을 끌어올렸다.

퍽-!

"볼!"

초구는 볼이었다.

빠지는 공이 아니다.

피할 생각은 없는 걸로 보였다.

딱-!

2구를 후려쳤다.

하지만 힘이 들어갔는지 백네트를 흔들었다.

[원 볼 원 스트라이크!]

찬열은 어깨를 가볍게 돌려 힘을 뺐다.

그리고 모든 정신력을 집중했다.

"흡-!"

투수가 공을 뿌렸다.

동시에 유킬리스가 2루로 달렸다.

히트 앤 런? 아니다.

투수의 정신을 흐트러뜨리기 위한 작전이다.

중간에 멈춘 게 그 증거였다.

'고맙다.'

찬열이 다리를 내디뎠다.

탁-!

다리가 고정이 되자 골반을 회전시켰다.

골반의 회전을 멈추는 순간 모든 힘이 상체로 올라왔다.

그것을 폭발시켰다.

후웅-!

배트가 홈 플레이트 위를 가로질렀다.

따악-!

[쳤습니다!]

찬열이 1루로 전력질주를 했다.

레벨 스윙으로 공을 제대로 밀어 때렸다.

라인 안쪽에 떨어진 타구가 밖으로 흘러나가는 게 보였다.

'가능하다!'

타구가 굴러가는 방향이 3루에서 가장 먼 곳이었다.

3루를 노릴 수 있었다. 그 증거로 1루 주루 코치가 빠르게 팔을 돌리고 있었다.

'달린다!'

결정을 내렸다.

땅을 박차는 엄지발가락에 모든 힘을 집중시켰다.

[우익수, 이제야 공을 잡습니다!]

[아! 더듬었어요!]

우익수가 공을 한 번에 잡지 못했다.

그사이 찬열이 2루에 도착했다.

우익수가 급하게 공을 잡아 중계를 했다.

쐐애애액—!

2루수가 외야까지 나가 공을 받았다.

픽—!

'홈은 늦었다!'

유킬리스의 스타트가 워낙 좋았다.

또한 타구의 판단도 빨랐다. 그는 맹렬하게 홈으로 파고들었다.

'홈은 늦었다!'

판단한 순간 그의 몸이 3루로 향했다.

그의 눈에 3루를 향해 달려가는 찬열이 보였다.

'어림없다!'

찬열은 쉬지 않았다.

단 한 번도 멈칫하는 게 없었다.

누가 보더라도 사이클링 히트를 노리고 있었다.

잡는다.

목표는 3루수의 글러브.

유킬리스가 홈을 파고들었다.

[유킬리스 홈인! 공은 3루로 향합니다!]

주루 코치가 양팔을 밑으로 내렸다.

슬라이딩을 하라는 신호였다.

3루수는 베이스를 가리고 있었다.

'어디로?!'

그때 주루 코치가 양손을 옆으로 가리키는 게 보였다.

코치의 수신호는 슬라이딩 종류, 그리고 방향도 결정을 내린다.

지금 신호는……

'이쪽이다!'

미끄러지듯 몸을 낮췄다.

촤아아악─!

허벅지가 베이스의 흙을 훑으며 지나갔다.

빠악─!

3루수가 공을 캐치했다.

빠르게 상체를 회전시키며 하체를 낮췄다.

퍽─!

글러브가 찬열의 어깨를 때렸다. 정적이 흘렀다.

모든 사람의 시선은 3루심에게로 향했다.

코치는 양손을 옆으로 펼치며 세이프라는 어필을 하고 있었다.

[판정은……!]

"세이프! 세이프!"

"와아아아아!"

3루심이 세이프 선언을 했다.

[세이프! 세이프입니다! 동양인 최초로 사이클링 히트를 기록하는 정찬열 선수입니다!!!]

[처음부터 3루로 갈 생각으로 전력질주를 했어요. 그렇기 때문에 3루타를 만들어낼 수 있었습니다!!]

대기록이 완성됐다.

찬열이 주먹을 불끈 쥐어 더그아웃을 가리켰다.

동료들이 환호를 내지르며 그의 기록을 축하했다.

하지만 아직 끝난 게 아니다.

'노히트노런이 남아 있다.'

찬열이 호흡을 정돈했다.

웨이크필드의 주 구종은 너클볼이다.

그것을 잡기 위해서는 고도의 집중력과 빠른 몸놀림이 필요했다.

한시라도 빨리 호흡을 원래대로 되돌릴 필요가 있었다.

* * *

8회 말 공격이 끝났다.

[9회 초, 웨이크필드가 경기를 끝내기 위해 다시 마운드를 오릅니다.]

[노장의 투혼입니다! 전성기 시절 이루어내지 못했던 대기록에 도전하는 웨이크필드의 모습이 무척이나 감동스럽습니다!]

[동감입니다. 대기록에 동행하는 파트너는 바로 정찬열 선수입니다. 오늘 사이클링 히트를 기록했는데요. 만약 노히트노런까지 성공하면 오늘 경기는 메이저리그 역사 최초의 경기로 남게 됩니다.]

[맞습니다. 자료를 찾아보니 같은 날 다른 경기에서 두 기록이 달성한 적은 메이저리그에서도 딱 4번 있었습니다. 하지만 같은 경기, 같은 팀에서 동시에 나온 경우는 없었습니다.]

세계 최초의 기록.

그것에 두 사람은 도전하고 있었다.

찬열이 손가락을 움직였다.

'너클볼.'

고개를 끄덕인 웨이크필드가 투수판을 밟았다.

[역사적인 9회 초의 수비 시작됩니다!]

후웅―!

"스트라이크!"

[떨어지는 너클볼에 배트가 헛돕니다!]

딱―!

"파울!"

[1루 라인을 벗어나는 타구! 투 스트라이크!]

퍽―!

"볼!"

퍽―!

"볼!"

[연달아 볼이 들어옵니다! 너클볼은 아예 칠 생각이 없어 보이네요.]

[너클볼은 제구가 되지 않습니다. 투수도 어디로 갈지 모릅니다. 그러니 너클볼을 포기하고 포심 패스트볼을 노릴 수도 있습니다.]

[지금까지 웨이크필드가 던진 공은 모두 102구입니다. 그중에 너클볼이 47개로 가장 많았고 포심 패스트볼은 37개입니다. 포심을 노리면 웨이크필드 선수, 위험하지 않을까요?]

캐스터의 말에 해설위원도 동의했다.

웨이크필드는 노장이다.

체력이 남들보다 더 빨리 떨어진다.

너클볼이라 하더라도 100구가 넘은 이상 체력의 한계에 달했다고 볼 수 있다. 하지만 이런 불길한 말을 입 밖에 낼 수 없다. 비록 해설이라도 말이다.

그때 웨이크필드가 공을 뿌렸다.

"흡-!"

[5구 던집니다!]

탁-!

버크먼의 다리가 땅에 떨어졌다.

허리가 돌아가려는 찰나.

그가 스윙을 멈췄다. 공이 춤을 추며 날아왔기 때문이다.

그 순간.

퍽-!

"스트라이크! 아웃!"

높게 날아오던 공이 밑으로 뚝 떨어졌다.

바깥으로 흘러가는 공을 찬열의 미트가 개구리의 혀가 된 듯 낚아채 존으로 끌고 들어왔다.

심판은 그것에 속아 스트라이크 판정을 내렸다.

[스탠딩 삼진을 당하는 버크먼! 남은 아웃 카운트는 단 두 개!]

'방금 전 프레이밍이었지?'

찬열이 던지는 공을 받으며 웨이크필드는 눈을 크게 떴다.

분명 방금 전 봤던 건 프레이밍이다.

'어떻게……?'

자신이 너클볼을 던져 온 것은 오래전부터였다. 하지만 그 어떤 포수도 자신의 너클볼을 프레이밍 하지 못했다.

공을 잡는 것도 힘든데 어떻게 그것을 끌고 올 생각을 한단 말인가?

한다고 하더라도 심판의 눈을 속일 수 없다.

'하여간 재밌는 녀석이라니까.'

웨이크필드의 입가에 미소가 그려졌다.

찬열이 다시 손가락을 움직였다.

'너클볼.'

주구장창 너클볼을 요구한다.

너클볼이 21세기 마지막 마구라고 불린다고는 하지만 이 세상에 치지 못할 공은 없다. 게다가 상대는 최고의 선수들인 양키스의 타자들이다. 하위 타선이라고는 해도 걸리면 넘어간다. 그런 타자들을 상대로 하나의 구종을 요구하고 있었다.

엄청난 배짱이었다.

'배짱이라면 나도 지지 않는다.'

웨이크필드가 다리를 뻗었다. 그리고 공을 뿌렸다.

공이 나풀나풀 날아왔다.

'낮다.'

찬열의 시야에는 주변의 모든 것들이 어둠으로 보였다.

단지 허공을 날아오는 공만이 보였다.

공이 떨어지는 궤적이 잔상처럼 남았다.

'중심을 낮추고…….'

무게 중심을 낮췄다.

그러면서 만약의 사태를 대비해 가랑이 사이를 허벅지로 가렸다.

'이 순간!'

가상의 스트라이크존 밑으로 공이 지나는 순간.

손목을 꺾으며 미트를 아래쪽으로 향했다.

촤아악-!

미트에 공이 들어가자 다시 손목을 원래대로 되돌렸다.

순식간에 일어난 일이다. 눈 한 번 깜박할 정도의 시간.

찬열은 꼼짝도 하지 않고 포구한 자세로 기다렸다.

구심의 콜이 나오기를 말이다.

"스트라이크!"

"와아아아!"

관중들의 함성 소리와 동시에 집중력이 깨졌다.

"후우-!"

한숨이 절로 나왔다.

극도의 집중력을 끌어올리는 건 체력 소모가 심했다.

하지만 해내야 했다.

'반드시 이뤄주겠습니다.'

동료의 대기록을 위해서 말이다.

[또다시 스트라이크를 잡아내는 웨이크필드!]

찬열이 다시 사인을 냈다.

'너클볼!'

'또?'

웨이크필드가 다시 사인을 확인했다.

찬열이 고개를 끄덕였다.

9회 들어 모든 공이 너클볼이었다.

다소 과하다 싶었다.

'생각이 있겠지.'

웨이크필드는 찬열을 믿었다. 그리고 공을 뿌렸다.

딱-!

이번에는 배트가 돌았다. 하지만 스윙이 늦었다.

"파울!"

[투 스트라이크!]

3구를 뿌렸다.

이번에도 너클볼이었다.

몸 쪽으로 붙는 공에 버크먼의 배트가 돌았다.

연달아 던진 탓에 너클볼을 노린 것이다.

딱-!

배트에 공이 맞아 날아갔다.

[당겨 친 타구! 좌익수 쪽으로 날아갑니다!]

[아~ 잘 맞았는데요!]

[좌익수, 뒤로 물러납니다! 빠르게 달립니다!]

잘 맞은 타구가 계속 날아갔다.

좌익수는 뒤도 보지 않고 계속 달렸다. 그러다가 고개를 돌렸다. 떨어지는 타구가 보였다. 타구의 궤적을 확인한 좌익수가 팔을 뻗었다.

펙-!

공이 글러브에 꽂혔다.

균형을 잃은 좌익수가 그라운드를 굴렀다.

[잡았나요?!]

벌떡 일어난 좌익수가 글러브를 높게 치켜들었다. 거기에는 흰색 공이 아슬아슬하게 글러브에 들어가 있었다.

[잡았습니다! 노히트노런을 지켜냅니다! 남은 아웃 카운트는 단하나!]

짝짝짝짝-!

"와아아아!"

"휘익-!"

관중들이 일어나 노히트노런에 대한 기대감을 표출했다.

양키스도 그냥 당하지 않겠다는 듯 닉 존슨을 대타 카드로 내밀었다.

준비가 끝났다.

"플레이!"

구심이 경기 재개를 알렸다.

찬열이 손가락을 움직였다.

'포심 패스트볼.'

9회 들어 처음으로 포심의 신호가 나왔다. 이 순간을 위해 참은 것이다. 웨이크필드가 미소를 지었다.

고개를 끄덕이고 와인드업을 했다.

"흡-!"

기합 소리와 함께 공을 뿌렸다.

쐐애애액-!

너클볼을 노리고 있던 닉 존슨의 배트가 돌아갔다.

하지만 날아오는 공은 포심. 다급히 배트를 멈췄다.

그러나 관성에 의해 앞으로 나아가는 배트의 윗부분에 공이 맞았다. 높게 뜬 공이 마운드 위로 떨어졌다.

퍽-!

"아웃!"

공은 그대로 웨이크필드의 글러브에 들어갔다.

마치 자석이라도 달려 있는 듯 말이다.

[생애 최초로 노히트노런을 달성하는 웨이크필드입니다! 그리고 그 파트너는 오늘 경기에서 사이클링 히트를 기록한 정찬열 선수입니다!!!]

[역사가 쓰였어요!]

두 선수가 마운드 위에서 포옹을 했다.

그 위로 레드삭스 선수들이 샌드위치를 쌓듯 내려앉았다.

펜 웨이 파크의 하늘에 폭죽이 터졌다.

* * *

두 가지 대기록에 모두 이름을 올린 찬열.

그 임팩트는 대단했다.

게다가 ESPN으로 미국 전역에 방송이 나간 덕분에 그 경기는 전미에서 이슈가 되었다.

그 결과.

올스타전에서 찬열의 순위는 기하급수적으로 상승하기 시작했다. 순식간에 전체 2위로 올라가더니 점점 조 마우어의 뒤를 쫓았다.

결국에는.

[정찬열! 올스타전 아메리칸리그 전체 1위에 오르다!]

순위가 역전이 됐다.

동양인 선수가 올스타전 1위에 뽑힌 건 스즈키 이치로 이후 처음이었다.

일순간일 수도 있지만 그 여파는 대단했다.

그 소식은 한국에도 전해졌고 관심이 없던 사람들도 메이저리그 홈페이지에 들어가 그를 투표했다.

그리고 올스타전 투표가 끝났다.

[1위 정찬열]

양대 리그 전체 1위.

득표수 6,039,821표로 메이저리그 역사상 역대 2위에 오를 정도로 대단한 표수를 얻었다. 그렇게 찬열은 두 번째 메이저리그 올스타전에 출전하게 되었다.

올스타전을 앞두고 찬열이 마지막 타석에 섰다.

[올 시즌 39개의 홈런을 때려낸 정찬열 선수, 과연 전반기 마지막 경기에서 40개의 홈런을 채울 수 있을지 궁금합니다.]

6월 마지막 시리즈인 뉴욕 양키스와의 경기에서 38번째 홈런을 때려냈다. 그로부터 열흘 동안 1개의 홈런만 기록했다.

페이스가 떨어진 건 아니다. 타율이 결정적 증거다.

3할 6푼 4리.

현재 아메리칸리그 1위를 달리고 있었다.

그렇다면 홈런이 실종한 이유는 무엇일까?

투수들이 그를 피하고 있기 때문이다. 오늘 경기에서도 벌써 2개의 볼넷을 얻어냈다. 베이스에 나가면 열심히 뛰어다녔다. 투수들도 그 사실을 안다. 하지만 홈런보다는 낫다는 판단을 내렸다.

덕분에 찬열의 도루 개수가 빠르게 상승했다.

[투수들이 승부를 피하면서 정찬열 선수의 도루는 어느덧 18개까지 올랐습니다. 앞으로 2개만 추가하면 호타준족의 상징인 20-20 클럽에 가입하게 되죠.]

[올 시즌, 추신성 선수도 같이 도전을 하고 있지 않습니까?]

[맞습니다. 밸런스가 좋은 추신성 선수 역시 달성할 가능성이 매

우 높습니다.]

한국에서는 벌써부터 찬열과 추신성에 대한 20-20에 관해 이야기가 나오고 있었다. 하지만 찬열은 크게 신경 쓰지 않았다. 지금 이 순간이 가장 중요하다고 생각했기 때문이다.

'집중…… 집중……!'

집중력을 끌어올렸다.

전반기가 끝나가고 있지만 체력은 여전히 여유로웠다.

웨이크필드와 호흡을 맞춘 뒤에는 모든 경기에서 마스크를 썼다. 같은 기간 대비 작년에 비해 더 많은 경기를 출장했다. 그럼에도 불구하고 지치지 않았다.

쐐액-!

퍽-!

"볼!"

공이 회전하는 게 보였다. 그것을 토대로 가상의 궤적이 눈에 그려졌다. 덕분에 볼과 스트라이크를 구별해 낼 수 있는 능력이 탁월하게 좋아졌다. 하지만 언제나 가능한 건 아니었다. 집중이 조금이라도 흐트러지면 궤적은 사라진다.

"흡-!"

[공 던집니다!]

손끝이 실밥을 챘다.

빠르게 회전하는 공이 날아왔다.

'투심!'

공의 회전을 확인한 찬열의 눈에 공의 궤적이 들어왔다.

몸 쪽으로 휘어 들어오는 궤적이었다.

칠 수 없는 코스는 아니다.

타닥-!

찬열이 발을 내디뎠다. 골반의 회전이 곧 상체로 이어졌다. 모든 파워를 집중시켰다.

후웅-!

배트가 돌아갔다.

배트와 공이 만나는 임팩트 순간, 찬열이 왼손을 놓았다.

스윙의 궤적을 만들기 위해서였다.

따악-!

[쳤습니다! 우익수, 뒤로 물러나지만 타구는 멀찍이 날아갑니다! 넘어갑니다!!]

전반기 40개의 홈런.

찬열은 압도적인 페이스로 기록을 세우며 올스타전을 맞이하게 됐다.

* * *

올스타 브레이크.

찬열은 올스타전이 열리는 애너하임으로 가기 전, 병원에 들렀다.

진찰을 위해서가 아니다. 이곳에서 치료를 받고 있는 베켓을 만나기 위해서였다.

베켓은 최근 수술을 결정했다. 이번 시즌 전체가 날아갈 수도 있지만 약물 치료로는 한계가 있었다. 또한 재발할 가능성이 높았다.

반면 수술을 하게 되면 100퍼센트 완치가 가능했다.

긴 고민 끝에 베켓은 수술을 택했다.

똑똑-!

"들어와요."

안에서 여인의 목소리가 들려왔다.

문을 열자 짧은 복도가 보였다. 한쪽 벽에는 화장실이 있었다. 복도를 지나자 넓은 병실이 모습을 드러냈다.

큰 창이 햇살을 비추는 병실의 가운데에는 커다란 침대가 놓여 있었다. 거기에 베켓이 누워 있었다.

"여! 왔어?"

베켓이 반갑게 그를 맞이했다.

수술한 사람치고는 무척이나 밝은 표정이었다. 그게 의아하긴 했지만 바로 물을 수 있는 상황이 아니었다.

"오랜만이에요, 정."

베켓과 비슷한 또래의 여인이 고개를 숙이며 인사를 했다.

베켓의 와이프였다. 몇 번 오가며 만난 적이 있기에 반갑게 인사를 했다.

"오랜만입니다."

인사를 나누자 그녀가 자리에서 일어났다.

"전 잠깐 자리 좀 비울게요. 정, 이 사람 좀 부탁해요."

"아, 예."

두 사람이 편하게 대화를 나누라는 배려였다.

찬열도 그것을 알기에 자리에 앉았다.

"올스타 1위에 뽑혔다면서? 축하해! 그리고 사이클링도 했다면서? 이야~ 요즘 정말 잘나가네."

"고마워. 그런데 수술은 어떻게 됐어?"

"잘됐어! 의사가 그러더군. 허리에 폭탄을 달고 있었다고 말이야. 그런데 더 무서운 게 뭔지 알아?"

"음?"

"허리가 불편해서 무의식적으로 다른 부분에 힘이 더 들어 갔다는 거야."

흔한 일이다.

사람의 몸은 정밀한 기계와 같다.

문제는 고장이 나면 멈추는 기계와 달리 사람의 몸은 다른 부위에서 부족한 힘을 끌어온다. 그러다 보니 한 곳이 다치 면 다른 부위에 부상이 따라오는 경우도 많았다.

"그 부위가 어딘지 알아?"

찬열이 고개를 저었다.

그러자 베켓이 자신의 어깨를 두드렸다.

"이곳이라더군."

"위험했군."

"위험했지. 이번에 수술을 결정한 이유이기도 했고 말이야."

이 사실은 언론에 보도되지 않았다. 아니, 클럽 하우스에서도 아는 사람이 없었다. 그만큼 보안에 신경을 썼다는 소리다.

"네 덕분이다."

"음?"

"네가 그날 이상하다고 말해주지 않았다면 난 계속 던졌을 거다. 내가 인지를 하지 못했으니까. 하지만 네가 이상하다고 말해준 덕분에 정밀 진단을 받았다."

베켓이 진지하게 말했다. 분위기가 무거워졌다. 찬열은 이런 분위기를 별로 좋아하지 않았다.

그가 웃으며 대답했다.

"그냥 네 운이 무척이나 좋았던 거지."

이후 이런저런 이야기를 나누었다.

"그럼 슬슬 가볼게."

"그래. 올스타전 잘 치르고 조만간에 구장에 한번 들릴게."

"알았다. 몸조리 잘해."

"너도 올해 70홈런 꼭 때려내라."

"그럴까?"

찬열이 웃음기를 머금고 말했다.

하지만 베켓은 진지하게 대답했다.

"그래야 돼. 70홈런 같은 건 기회가 왔을 때 반드시 잡아야 된다."

흔히 기록에는 신경 쓰지 않는다는 말이 있다.

하지만 그래서는 안 된다.

특히 대기록을 달성할 수 있을 때는 욕심을 내야 했다.

자신보다 더 오래 메이저리그에서 활약해 온 베켓의 조언이기에 찬열도 진지하게 대답했다.

"그래, 명심할게."

베켓이 미소를 지었다.

* * *

LA에인절스의 홈구장인 에인절 스타디움.

올해 올스타전이 열리는 장소다.

찬열도 올스타전에 참가하기 위해 LA로 이동했다.

그리고 거기서 부모님과 오랜만에 만났다.

"아들~!"

반년 만에 만나게 된 어머니가 양팔을 벌려 찬열을 껴안았다. 오랜만에 안기는 어머니의 품안이 따뜻하게 느껴졌다.

뒤이어 아버지가 다가왔다.

그리고는 찬열의 어깨를 두드렸다.

그 손이 참 따뜻했다.

"잘 지냈지?"

"네. 두 분은 잘 지내셨어요? 편찮으신 곳은요?"

"네 덕분에 너무 잘 지냈다!"

어머니가 환한 미소를 지으며 대답했다.

찬열은 바로 이해하지 못했다.

먼 이국땅에 있는 자신 때문에 잘 지냈다니?

이해하지 못하는 찬열을 위해 아버지가 설명을 해주었다.

"요즘 네가 맹활약을 해서 주변에서 아주 난리가 났다. 덕분에 요즘 내 사업도 잘되고 있어."

해외에서 활약하는 선수가 잘되면 바빠지는 건 당사자만이 아니다. 가족들은 물론이거니와 지인들 역시 바빠진다.

최근 한국에서 가장 핫한 찬열의 활약이 더해질수록 부모님이 바빠지는 것도 이해가 됐다.

"그렇군요. 일단 호텔에 가서 더 이야기해요."

"그래."

찬열은 부모님과 함께 호텔에 도착했다.

5성 호텔에 스위트룸을 예약했다. 부모님의 여행에 불편이 없었으면 하는 이유에서였다. 객실에 올라가자 애너하임의 도심이 한눈에 내려다보였다.

"정말 좋다~"

어머니가 기뻐하시는 모습에 보람이 느껴졌다.

그간 나누지 못했던 이야기를 나누며 시간을 보냈다.

그러다 어머니가 조심스레 찬열에게 물었다.

"그런데 찬열아."

"네?"

"안젤라라는 아가씨와는 사귀는 사이지?"

"아뇨, 사귀는 사이는 아니에요."

"그래?"

안젤라가 들으면 서운해할 이야기다.

하지만 그게 사실이니 거짓말을 말할 수도 없었다.

그런데 어머니의 다음 말을 들으니 거짓말을 할 걸 그랬다는 생각이 들었다.

"그럼 올해 한국에 들어오면 선볼래?"

"선이요? 에이. 엄마, 제 나이가 이제 25살인데……."

찬열이 당황했다.

설마 선 이야기를 할 줄은 몰랐다.

하지만 어머니는 날을 잡으셨는지 찬열을 압박했다.

"미국이랑 한국을 오가는데 언제 여자를 만날래? 선이라고 해도 그냥 요즘 애들 소개팅이라고 생각하렴. 정말 예쁜 아가씨야."

그러면서 핸드폰으로 사진을 보여주었다.

스마트폰이 나오기는 했지만 아직 바꾸지 않으신 듯 폴더폰이었다. 화질이 꽤 떨어지긴 했지만 윤곽을 확인하는 데는 문제가 없었다. 어머니가 자신 있게 추천하신 이유를 알 만했다.

외모도 괜찮았고 단아한 이미지를 풍겼다.

하지만 찬열은 썩 내키지 않았다.

"생각 좀 해볼게요."

오랜만에 만난 어머니의 기분을 상하게 하고 싶지 않았다.

그래서 일부러 대답을 회피했다.

그때 찬열의 핸드폰이 울렸다.

"아, 영재 형님 전화네요. 도착하셨나 봐요."

자리를 피할 기회가 생기자 찬열이 빠르게 방을 나갔다.

어머니는 아쉬운 듯 입맛을 다셨다.

"애가 알아서 하겠지. 선 자리는 또 언제 알아봐서는……."

아버지의 타박이 이어졌지만 어머니는 귀를 닫으셨다.

아들의 연애 사업을 위해 각오를 다지신 어머니였다.

* * *

로비에 나오자 김영재가 보였다. 그런데 혼자가 아니었다.

"찬열~!"

같이 서 있던 안젤라가 찬열을 발견하고 다가왔다.

"안젤라."

와락-!

목을 감싸며 안기는 그녀의 모습에 찬열이 미소를 지었다.

"올스타전 취재하러 온 거야?"

"아니! 찬열 보러 왔어!"

"뉴욕에서 오는 길에 같이 왔다."

김영재가 다가오며 설명을 덧붙였다.

"영재 형님, 그동안 잘 지내셨죠?"

"덕분에 바쁘게 지내고 있다. 한국에서의 사업도 점점 성장하고 있고 말이야."

한국에서 김영재의 위상은 과거에 비해 월등히 성장했다.

모두 찬열 덕분이었다.

찬열의 성적이 올라갈수록 그에 대한 평가도 높아졌다.

또한 올 시즌 옵트아웃의 조건이 채워지면서 그에 대한 평가는 하늘을 찔렀다. 세간에는 그가 옵트아웃을 넣었다고 알려져 있기 때문이다.

"잘됐네요."

"안젤라, 찬열이와 이야기할 게 있으니 먼저 올라가 있어."

"저도 같이 이야기해요!"

"안 돼."

김영재가 단호하게 잘랐다.

안젤라는 시무룩해지더니 이내 찬열에게 얼굴을 가져갔다.

조금만 움직여도 닿을 거리에서 멈춘 그녀가 말했다.

"찬열! 이따가 봐."

"그래."

찬열이 웃으며 고개를 끄덕였다.

그러자 안젤라가 찬열의 볼에 입을 맞추고는 엘리베이터로 향했다.

"안젤라가 널 많이 좋아하는 거 같다."

"그렇죠?"

찬열도 그녀의 마음을 알고 있다.

그리고 그 역시 안젤라에 대해 호감을 가지고 있었다.

단지 야구 선수라는 직업, 그리고 거리 때문에 그녀와 진전이 없을 뿐이었다. 두 사람은 호텔 내부의 카페로 이동했다.

별도의 룸에 자리를 잡고 앉은 김영재가 본론을 꺼냈다.

"로버트가 움직이기 시작했다."

예상하고 있었다.

옵트아웃 조건인 홈런 60개는 이미 달성한 지 오래다.

이번 시즌이 끝나면 FA가 된다.

"미국 진출을 선언했을 때와 달리 자유로운 신분이 되기 때문에 계약 규모는 커질 거다."

포스팅이 아니다. 이번 FA는 말 그대로 자유 계약이다.

걸림돌이 없었다.

"무엇보다 메이저리그에서의 성과 덕분에 엄청난 계약이 나올 거다."

찬열의 가슴이 떨렸다.

김영재는 그런 찬열에게 본론을 꺼냈다.

"로버트는 레드삭스에 연봉 3,500만 달러를 제안했다. 하지만 단장이 거절했다. 하지만 최근에 다시 미팅을 요청하고 있다. 로버트는 거절하고 있지."

로버트 세로니는 밀당의 고수다.

언제나 흐름을 자신의 쪽으로 가져오게 만들었다.

그런 로버트의 머리싸움을 김영재는 옆에서 지켜보고 있었다. 매번 그의 전략에 감탄하고 있었다.

"넌 야구에만 전념해라. 올 시즌이 끝나면 네 인생이 바뀔 거다. 알았지?"

김영재는 그동안 많은 야구 선수를 봐왔다.

조금 인기를 얻자 여자에 빠지고 도박에 빠진다.

술과 사람을 좋아하게 되면서 창창한 미래를 망치는 이가 수두룩했다. 지금까지 찬열은 잘해왔다.

하지만 앞으로가 더욱 중요했다.

인생이 바뀔 수 있는 기로에 서 있었기 때문이다.

하나 김영재가 모르고 있는 게 있었다.

바로 찬열이 회귀를 했다는 것이다. 그 역시 수많은 선수가 실패하는 걸 지켜봐 왔다. 그리고 본인 역시 약간의 성공에 자만해서 더 큰 기회를 놓쳤었다. 그렇기 때문에 오로지 야구에 전념을 하고 있었다.

주변의 유혹을 뿌리치면서 말이다.

"예."

찬열이 굳건한 목소리로 대답했다.

* * *

올스타 브레이크.

올스타전이 열리는 동안 시즌이 멈추는 기간이다. 하지만 각 구단들은 쉬지 못했다. 경기는 없더라도 해야 될 일은 많기 때문이다.

레드삭스 역시 마찬가지다. 최근 레드삭스 수뇌부의 가장 큰 걱정은 바로 정찬열이었다.

올스타전을 하루 앞둔 오늘도 그에 관한 회의가 이어졌다.

"올 시즌이 끝난 뒤, 잡지 않을 거라면 트레이드를 해야 합니다. 노쇠화가 이루어진 투수진을 보강해야 해요."

"동의합니다. 트레이드에도 타이밍이란 게 있습니다. 성적이 절정인 지금 시점에 카드를 맞춰야 돼요."

찬열은 매력적인 카드다.

한 시즌 80홈런 페이스로 전력질주를 하고 있다. 또한 발이 빠르고 포수로서의 능력 역시 뛰어났다. 무엇보다 나이가 어리다.

당장 시장에 내놓더라도 어떤 특급 투수와도 카드를 맞출 수 있었다. 문제는 정찬열 같은 선수를 함부로 내놓을 수 없단 것이다.

"전 반대입니다. 우리는 1920년을 기억해야 합니다."

1920년 1월 4일.

레드삭스는 메이저리그 역사상 최악의 선택을 한다.

바로 전설 베이브 루스를 양키스로 트레이드를 한 것이다.

이후 양키스는 베이브 루스를 앞세워 월드 시리즈에서 연달아 우승을 했다. 반면 레드삭스는 2004년이 될 때까지 월드 시리즈 우승을 하지 못했다. 밤비노의 저주라는 말은 바로 이 사건을 일컫는 말이다.

"설마 그렇게 될 리는……."

밤비노의 저주를 언급했다는 건 찬열을 베이브 루스와 같은 위치로 본다는 소리다.

베이브 루스는 메이저리그 역사상 가장 위대한 선수다. 그런 이와 비교한다는 건 아직 무리라고 보는 사람들도 있었다.

"정은 나이가 어립니다. 무리를 해서라도 잡아야 해요."

"그렇다고 해도 로버트가 요구한 3,500만 달러는 무리입니다. 메이저리그 역사에 한 선수에게 그렇게 많은 돈을 투자한 적이 없어요!"

"역사는 깨지라고 있는 겁니다!"

갑론을박이 이어졌다.

수뇌부는 둘로 나뉘어 서로의 의견을 주장했다.

결국 선택은 단장의 몫이었다.

본인도 잘 알고 있기에 단장이 입을 열었다.

"일단……."

모든 이의 시선이 집중됐다.

"타 구단에 연락을 해서 카드를 맞춰 봅시다. 그리고 로버트와 다시 한 번 약속을 잡아보도록 하죠."

로버트 쪽은 큰 기대를 하지 않았다. 하지만 어떻게든 움직이고 있다는 제스처를 취해야 했다.

최악의 경우 찬열을 놓쳤을 때 비난 여론을 줄이기 위해서라도 말이다.

* * *

메이저리그 올스타전은 이틀에 걸쳐 열린다.

첫날은 마이너리그 올스타전과 메이저리그 홈런 더비가 펼쳐졌다. 찬열은 작년에 이어 올해도 홈런 더비에 참가했다.

그가 클럽 하우스에 모습을 드러내자 수많은 취재진이 달라붙었다. 특히 한국인 취재진이 많았다.

한국에서 찬열의 인기를 대변하는 모습이었다.

"정찬열 선수! 작년 우승자로서 포부 한 말씀 부탁드립니다!"

"올해 기록은 몇 개를 생각하십니까?!"

기자들의 질문이 쏟아졌다.

찬열은 FM다운 대답을 하며 취재진 출입 금지 구역까지 빠르게 들어갔다. 라인 안쪽으로 들어가자 취재진이 아쉬움의 입맛을 다셨다.

작년 시즌 찬열은 27개의 홈런을 기록하며 더비 우승자가 되었다. 하지만 조시 해밀턴이 세운 1라운드 신기록인 28개에는 미치지 못했다. 또한 전체 라운드 신기록인 어브레유의 41개 역시 도달하지 못했다.

그러나 올해는 달랐다.

작년에 비해 기량이 압도적으로 발전한 찬열은 올 시즌 홈런 더비의 조커였다.

한국만이 아니다.

미국에서도 찬열의 올해 홈런 더비 기록에 관심을 가지고 있었다. 많은 관심을 받으며 찬열은 홈런 더비를 준비했다.

마이너리그 올스타전이 끝났다.

찬열은 다른 선수들과 함께 경기장으로 나갔다.

수많은 사람이 홈런 더비를 관람하기 위해 자리를 지키고 있었다. 그때 안내 요원이 다가왔다.

"정! 순서는 첫 번째예요."

고개를 끄덕이고는 배트를 잡았다.

가볍게 스윙 연습을 하며 타이밍을 잡는 사이 시간이 점점 다가왔다.

[10시즌 메이저리그 올스타전! 그 전야제라 할 수 있는 홈런 더비

가 드디어 시작됩니다. 이번 대회에 참가한 선수들의 면면입니다.]

캐스터의 안내와 함께 화면이 바뀌면서 선수들의 사진이 걸린 명단이 나왔다. 하나같이 쟁쟁한 선수들이다.

그중에서 가장 앞에 사진이 걸려 있는 건 찬열이었다.

[한국의 위대한 선수인 정찬열 선수가 첫 번째 선수로 나올 예정입니다. 작년에 27개의 홈런을 때려내며 홈런 더비 우승을 차지한 경험이 있습니다.]

찬열이 타석에 섰다.

"우와아아아!"

"정! 정! 정! 정!"

사방에서 환호성이 쏟아졌다.

마치 가수의 단독 콘서트장 같은 분위기였다.

작년과는 확연히 다른 분위기에 찬열도 당황한 모습이 역력했다. 하지만 이내 냉정을 찾았다.

'집중하자.'

특유의 집중력을 발휘한 것이다.

그가 타석에 서자 평소 레드삭스에서 호흡을 맞춰 온 배팅볼 투수 조이가 신호를 주었다. 찬열이 고개를 끄덕였다.

[초구 던집니다!]

쐐액-!

적절한 스피드로 공이 날아왔다. 코스도 좋았다.

찬열이 발을 내디뎠다. 그리고 허리를 돌렸다.

딱-!

배트에 공이 맞았다.

느낌이 좋다.

[큽니다! 초구부터…… 넘어갔습니다!]

그건 시작에 불과했다. 찬열은 딜레이를 거의 주지 않고 스윙을 연달아 가져갔다.

딱-!

[두 번째 홈런!]

딱-!

[또 넘어갑니다!]

딱-!

[아~ 외야에 떨어집니다!]

딱-!

[이건 넘어갔어요!]

아웃 카운트가 5개가 되었을 때 찬열의 홈런 수는 23개가 되어 있었다.

[작년 시즌 정찬열 선수의 1라운드 기록은 20개였습니다. 벌써 그 기록을 넘어선 정찬열 선수! 2008년 기록한 조시 해밀턴 선수의 28개와 단 5개 차이……!]

딱-!

[아아! 이것도 큽니다!]

찬열의 배트는 쉬지 않았다.

작년과 마찬가지로 볼을 거의 흘려보내지 않고 빠르게 타격을 해갔다. 홈런 더비는 지루하다.

최근 야구팬들 사이에서 자주 나오는 말이다.

많은 홈런을 기록해야 되는 홈런 더비다 보니 어떻게든 좋은 공만 치려고 한다. 그러다 보니 경기 자체가 루즈해지는 경우도 많았다. 그런 때에 찬열의 빠른 스윙은 팬들의 환호를 이끌어 내기에 충분했다.

올해 역시 그런 모습을 기대했던 팬들은 찬열에게 아낌없는 환호를 보내주었다.

"정! 정! 정! 정!"

경기장 전체에 찬열의 이름이 불리었다. 그리고 찬열은 그에 호응하듯 홈런을 때려냈다.

따악-!

높게 떠오른 타구가 그대로 담장을 넘어갔다.

[또다시 넘어갔습니다!!!]

* * *

[메이저리그 홈런 더비의 새로운 역사를 쓴 정찬열!]

[1라운드에서 무려 30개의 홈런을 때려낸 정찬열은 2라운드와 결승 라운드에서 15개의 홈런을 추가하며 무려 45개의 홈런을 때려냈습니다. 이는 2005년 바비 어브레유가 세운 41개를 무려 4개나

뛰어넘는 대기록으로 메이저리그 신기록에 오르게 됐습니다.]

찬열이 또 한 번 메이저리그 역사에 이름을 남겼다.

사실 본인도 놀란 기록이었다. 공 하나하나에 집중하다 보니 어느덧 40개를 넘겼다. 그 이후에도 집중력이 떨어지지 않게 하기 위해 노력했다.

그 결과 대기록을 수립할 수 있었다.

다음 날.

찬열은 모든 언론의 스포트라이트를 받으며 아메리칸리그 선발 포수로 마스크를 썼다. 하지만 전날의 여파인지 첫 타석에서 삼진으로 물러났다. 이후 3회까지 마스크를 썼지만 다시 타석에는 서지 못한 채 조 마우어와 교체가 됐다.

올스타전 경기에서는 크게 활약하지 못했지만 찬열은 큰 임팩트를 남긴 채 올스타전을 마무리했다.

다음 날.

찬열은 부모님과 함께 공항에 있었다.

"조금 더 있다 가시지 그러세요."

"아니다. 한국에 일도 있고 해서 오래 자리를 비울 수가 없어."

아버지의 말에 찬열이 고개를 끄덕였다.

"다음에는 조금 여유로울 때 넘어오세요."

"그래, 알았다. 언제나 몸 조심하고 성적에 너무 큰 부담 가지지 마라. 지금도 충분히 잘하고 있다. 알았지?"

"네."

"아들, 먹는 거 잘 먹어야 돼. 한국인은 밥심이야."

"알았어요."

손을 꽉 잡아주는 어머니를 보며 찬열이 미소를 지었다.

아쉬움을 뒤로 하고 부모님은 게이트 너머로 걸어갔다.

찬열은 한참 동안 그 자리에 서 있었다. 부모님의 모습이 사라지자 찬열은 아쉬움의 한숨을 내쉬고 차에 몸을 실었다.

'아직 시간은······.'

찬열이 시간을 확인했다.

약속 시간까지는 여유가 있었다.

그래도 늦는 것보다는 빨리 도착하는 게 더 좋았다.

찬열은 LA 시내로 차를 몰았다.

LA에는 한인 타운이 있을 정도로 많은 한국인이 거주하고 있었다. 덕분에 다양한 한국 음식점도 장사를 하고 있었다. 찬열이 도착한 곳은 LA에서도 고급 한국 음식점이었다.

안으로 들어서자 곱게 한복을 차려입은 직원이 그를 알아 봤다.

"정찬열 선수시죠?"

"네, 손님을 만나기로 되어 있는데요."

"안내해 드리겠습니다."

유명인이 눈앞에 있어 눈동자가 떨리긴 했지만 그녀는 직업 정신을 발휘해 그를 안내했다. 식당 안에서 그를 발견한 손님이나 직원들이 수군거리는 게 들렸다.

하지만 딱히 방해를 받지는 않았다. 그가 도착한 곳은 별도의 룸이었다.

직원이 노크를 하고 찬열이 도착했음을 알렸다. 그리고 문을 열었다. 안에는 로버트 세로니와 김영재가 있었다.

"어서 오십시오, 정!"

로버트가 손을 내밀며 찬열을 맞이했다.

"오랜만입니다. 제가 늦었나요?"

"아닙니다. 저도 방금 전에 도착했습니다. 앉으시죠."

로버트가 자리를 권했다.

찬열이 김영재의 옆에 자리를 잡고 앉았다.

"식사부터 하실까요?"

"네."

로버트가 직원에게 이야기하자 곧 푸짐한 한식이 테이블 가득 채워졌다. 이곳을 택한 건 로버트 본인이었다.

한식을 좋아한다는 말과 함께 식사가 시작됐다.

한참 동안 이어진 식사 시간은 찬열이 밥 4공기를 비우고 나서야 끝났다.

원채 운동선수들이 많이 먹는 걸 알기에 로버트는 그리 놀라지 않았다.

잠시 후, 다과상이 들어오자 본격적인 이야기가 시작됐다.

"이미 들으셨겠지만 레드삭스 측에 3,500만 달러의 계약을 제시했습니다."

김영재가 며칠 전에 했던 말이다.

그것을 기억하고 있기에 찬열이 물었다.

"너무 과한 액수가 아닙니까?"

"그렇게 생각하는 이유가 뭐죠?"

로버트가 되려 물었다.

찬열은 자신이 고민하던 부분을 이야기했다.

"전 아직 메이저리그에 데뷔한 지 2년밖에 되지 않았습니다. 3,500만 달러라는 금액을 받기에는 검증되지 않았을 텐데요."

"아닙니다. 그건 정이 잘못 생각하고 있는 겁니다."

로버트가 단호하게 말했다.

그리고 설명을 이었다.

"제가 비밀리에 몇몇 구단을 만났습니다. 그중에는 은연중에 정과 계약을 맺고 싶다는 의사를 타진해 온 곳이 있어요."

FA가 되기 전의 선수와 접촉을 하는 건 메이저리그 규정으로 막고 있었다.

바로 탬퍼링이라는 규정이다. 하지만 이 규정에는 빈틈이 많았다. 아니, 세상 모든 규정에는 빈틈이 있었고 로버트는 그것을 파고들 수 있는 능력이 있었다.

로버트가 말을 이었다.

"그중에는 연간 2,500만 달러, 총액 3억 달러 규모까지 지불할 의사가 있는 곳도 있습니다."

3억 달러. 한화로 바꾸면 3,000억이 넘는 돈이다. 천문학적인 액수. 도대체 저 돈으로 무엇을 할 수 있을지 감이 잡히지 않았다.

"음…… 그 부분에 대해서는 일단 시즌이 끝나면 이야기를 나누고 싶군요. 아직은 그런 이야기를 나누기에 너무 이른 시기인 거 같습니다."

찬열은 모든 상황에 대해 경계했다.

이런 큰 문제를 지금 시점에 알고 있다는 건 오히려 흔들릴 수도 있는 요인이 된다. 또한 괜한 잡념이 들게 만든다.

오늘 이 자리에 온 이유도 저런 이야기를 듣기 위함이 아니었다.

"오늘 보자고 하신 이유가 따로 있는 걸로 압니다."

로버트가 고개를 끄덕였다.

"조만간 레드삭스에서 언론 플레이를 할 겁니다."

"언론 플레이요?"

"예, 어떤 방식으로든 정을 잡기 위해 노력할 겁니다. 그 와중에 비열한 방법도 쓸 수도 있어요. 하지만 흔들리지 마십시오. 이번 시즌을 성공적으로 끝내면 전 당신에게 부를 선물할 겁니다."

로버트가 단호하게 말했다.

그의 눈빛을 본 찬열이 고개를 끄덕였다.

"알겠습니다."

찬열은 보스턴으로 돌아왔다.

올스타전이 끝난 시점에서 레드삭스는 동부 지구 1위를 달리고 있었다.

2위인 양키스와는 3경기 차.

큰 여유가 있는 상태는 아니었다.

특히 레드삭스에는 최근 에이스 베켓이 전력에서 이탈을 하면서 선발에 공백이 생겼다. 이를 잘 채우는 게 후반기의 가장 큰 숙제였다.

또 하나.

레드삭스 팬들의 관심을 모으는 소식이 있었다.

바로 정찬열의 재계약 소식이다.

옵트아웃 조건 달성 이후 꾸준히 언급은 됐다.

하지만 팬들이 움직인 건 최근이었다. 전반기가 끝났지만 재계약 소식이 들려오지 않았기 때문이다.

팬들은 단체 행동으로 나섰다.

골수팬들이 나서 피켓을 들고 경기장을 찾았다.

[우리는 정찬열의 재계약을 원한다!]

한 팬이 들고 있는 피켓의 내용이 카메라에 잡혔다.

[최근 펜 웨이 파크에는 정찬열 선수의 재계약을 요구하는 내용의 피켓을 들고 있는 사람이 늘어나고 있네요.]

[현지 소식에 따르면 인터넷 팬사이트를 통해 단체로 피켓 문구를 결정했다고 하더군요.]

이 같은 사실은 한국에도 전해졌다. 그로 인해 많은 루머가 돌았다.

거액의 연봉을 받고 레드삭스와 재계약을 할 것이다. 레드삭스는 찬열을 포기할 것이다. 이미 타 구단과 이야기가 오갔다. 레드삭스가 조만간 찬열을 트레이드 할 것이다 등등. 자고 일어나면 그의 이야기가 인터넷을 가득 채웠다.

학교, 회사, 동아리 등.

사람이 둘 이상 모인 곳에서는 찬열의 이야기가 흘러나왔다.

10년 전.

박찬태 신드롬을 능가하는 반응이었다.

매일 밤 9시 뉴스에는 찬열의 활약 소식이 전해졌다.

찬열에 대한 관심이 높아지면서 한국 야구 역시 덩달아 관중의 숫자가 증가했다.

KBO는 딱 찬열 때문이란 이야길 하지 않았다.

하지만 많은 전문가, 야구인들은 찬열에 대한 국민의 관심이 곧 한국 야구에 대한 관심으로 이어졌다고 이야기하고 있었다. 이제 한국인들의 관심은 제2의 정찬열이 누가 될 것이냐였다. 메이저리그는 찬열의 성공 이후 꾸준히 한국 시장에 눈독을 들이고 있었다. 예전보다 많은 스카우트를 상주시켰다.

이제 한국 야구장에서 메이저리그 스카우트를 보는 건 어렵지 않은 일이 됐다. 찬열은 그렇게 한국에까지 영향력을 끼치고 있었다. 하지만 당사자인 본인은 그런 것에 신경 쓰지 않았다.

그는 현재의 일에 열중했다.

퍽-!

"볼! 베이스 온 볼!"

낮게 들어오는 공을 지켜봤다.

구심이 1루를 손으로 가리켰다.

찬열은 투수를 힐끔 바라보고는 이내 배트를 내려놓고 1루로 달려갔다. 베이스를 밟는 찬열에게 관중의 박수가 쏟아졌다.

[오늘 경기 벌써 두 개의 볼넷을 얻어 내는 정찬열 선수입니다.]

[승부를 피하는 경우가 점점 많아지네요.]

찬열의 볼넷 비율은 점점 높아져 갔다.

지금 기세라면 04년 배리 본즈가 기록한 최다 볼넷인 232개를 갱신할 기세였다.

[정찬열 선수가 베이스에 나가면 투수의 입장에서는 골치 아파질

텐데, 그럼에도 불구하고 유인구 승부가 많군요.]

볼넷이 늘어나면서 찬열의 기록 중 같이 늘어나는 게 있었다.

바로 도루였다.

4번 타자는 한 방이 필요하다.

극단적으로 말해 자잘한 안타가 줄더라도 홈런의 개수가 많아야 했다. 특히 해결사 본능이 반드시 필요한 게 4번 타자다. 하지만 상대 투수들이 피하면 아무리 잘 치는 선수라도 답이 없다.

그래서 찬열이 선택했던 게 도루다.

처음에는 이 방법이 잘 먹히는 듯했다.

하지만 그것도 잠시.

찬열의 활약이 계속되자 상대 투수들은 이제 노골적으로 그를 피했다. 도루를 해도 변하는 건 없었다. 차라리 베이스 하나를 더 주겠다는 생각으로 볼넷으로 내보냈다.

그만큼 찬열의 장타력을 두려워하는 것이다.

올스타 브레이크를 앞두고 도루의 개수가 증가한 이유였다. 그리고 그건 후반기에도 마찬가지였다.

찬열의 시선이 투수와 수비들의 움직임을 살폈다. 집중력을 극도로 끌어올린 그의 눈에 그라운드 위 선수들의 움직임이 들어왔다.

그들만이 아니다.

주루 코치, 더그아웃의 코치와 감독까지. 찬열은 모든 이를 관찰했다. 그때 투수가 몸을 돌렸다. 반사적인 반응과 함께 베이스로 돌아갔다.

퍽-!

"세이프!"

"칫!"

투수가 아쉽다는 듯 혀를 찼다.

정신이 여러 곳에 분산되어 있다는 건 장점만 있는 게 아니었다. 귀루와 견제는 한순간에 이루어진다.

정신이 분산되어 있으면 그 타이밍을 놓친다.

하지만 찬열은 동물적인 움직임으로 그 타이밍을 잡아낼 수 있었다. 그 덕분에 견제사를 당한 적은 아직까지 한 번도 없었다. 그 뒤로도 세 번의 견제가 더 이어졌다.

[정찬열 선수를 많이 신경 쓰는군요.]

[그럴 수밖에 없습니다. 현재까지 19개의 도루를 성공시킨 정찬열 선수입니다. 게다가 실패는 단 1번밖에 없었어요. 투수의 입장에서는 신경이 갈 수밖에 없습니다.]

하지만 견제는 영원히 계속될 수 없었다.

결국 투수는 공을 뿌렸다.

그 순간.

찬열이 달렸다.

정확한 타이밍에 스타트를 끊은 찬열이 2루로 맹질주를

했다. 포수가 공을 포구한 순간, 오티즈는 그런 찬열을 위해 배트를 돌렸다. 덕분에 포수의 송구가 반 박자 느려졌다. 그 것이면 충분했다. 찬열은 2루에 가볍게 들어갔다.

[20번째 도루에 성공하는 정찬열! 이로써 20-20 클럽에 가입하 게 됩니다!]

* * *

메이저리그는 트레이드가 활발한 시장 중 한 곳이다.

한국과 달리 메이저리그의 트레이드 마감일인 8월 1일이 가까워지면 수많은 구단이 빅딜에 가까운 트레이드를 한다.

특히 간판급 선수들을 매물로 내놓는 일도 잦았다.

올 시즌에 가장 많은 관심을 받고 있는 건 단연 찬열이었 다. FA를 앞둔 찬열과 재계약 진행이 더딘 레드삭스가 찬열 을 시장에 내놓을 거라는 예상이 지배적이었다.

하지만 반대 의견도 만만치 않았다.

레드삭스는 현재 우승권이다.

타격이 강한 편이긴 하지만 팀 홈런의 1/3의 지분을 가지고 있는 찬열을 시장에 내놓을 수 없을 거라는 의견도 있었다.

수많은 예측이 흘러나왔다.

찬열도 그런 소식들을 들으며 자신이 어떻게 될지 고민하 기도 했다. 하지만 고민은 혼자 있을 때만 했다.

훈련을 할 때는 또 훈련에만 집중을 하며 경기를 치렀다.

그 결과 찬열의 홈런 개수는 47개까지 치솟았다.

분명 전반기에 비하면 빠른 페이스가 아니었다.

그러나 상대팀의 견제 속에서 이룬 결과라는 점이 무척이나 인상적이었다. 찬열은 스포트라이트를 한 몸에 받으며 휴스턴과의 3연전을 위해 이동을 했다.

[휴스턴 애스트로즈와의 3연전이 열리는 이곳은 미닛 메이드 파크입니다. 휴스턴의 선발 로이 오스왈트 선수, 역시 에이스라는 호칭에 걸맞은 호투를 보여 주고 있습니다.]

[정찬열 선수에게 볼넷 1개, 오티즈 선수에게 안타를 맞은 걸 제외하고는 완벽한 투구 내용이에요.]

[오스왈트 선수는 현재 트레이드 루머가 있죠?]

[그렇습니다. 올 시즌 성적은 6승 11패인데요. 이것만 놓고 보면 에이스로는 모자람이 보입니다. 하지만 휴스턴의 타선 지원이 너무 약한 걸 생각했을 때는 이해가 됩니다.

실제로 오스왈트 선수는 평균 자책점 3점대를 마크하고 있습니다.]

[올 시즌에도 우승권에서 멀어진 휴스턴은 오스왈트 선수를 트레이드를 해도 무리가 없어 보입니다. 하지만 레드삭스는 조금 사정이 다르지 않습니까?]

[정확합니다. 최근 레드삭스가 정찬열 선수를 트레이드 카드로 시장에 내놓지 않을까 라는 이야기가 나오고 있습니다. 하지만 개

인적인 생각으로는 그러지 않을 거라 봅니다.

이유는 역시 레드삭스가 우승을 노리고 있기 때문이죠.]

우승을 노리는 팀이 주축 선수를 트레이드 하는 경우는 많지 않다. 그게 아무리 내년 시즌에 FA로 풀리는 선수라 해도 말이다.

[그렇군요. 자, 이번 타석에 정찬열 선수가 들어섭니다.]

찬열이 타석에 섰다.

원아웃에 주자는 없는 상황.

레드삭스 단장은 자신의 사무실에서 경기를 지켜보고 있었다. 그의 머릿속은 복잡했다.

정찬열은 훌륭한 선수다.

우승을 위해서라면 반드시 있어야 되는 선수가 맞다.

하지만 그의 뒤에 로버트라는 걸림돌이 있었다. 또한 최근 레드삭스의 투수진이 약해진 것 역시 변수로 작용하고 있었다.

'정을 시장에 내놓으면 특급 투수를 영입할 수 있다.'

실제로 몇몇 구단은 카드를 맞춰 보자며 연락을 취해 왔다. 그중에는 정말 탐이 나는 선수도 있었다.

만약 찬열이 올 시즌 괴물 같은 성적을 내고 있지 않았다면 바로 트레이드를 시켰을 거다.

'후우…… 머리 아프군.'

단장은 관자놀이를 누르며 두통을 진정시켰다.

퍽―!

[볼! 베이스 온 볼!]

그때 찬열이 볼넷을 얻어 출루했다.

또다시 볼넷.

최근 들어 홈런의 개수가 줄어들고 있는 찬열이었다.

단장의 마음속에 있는 추의 무게가 한쪽으로 기울기 시작했다.

7월 28일.

트레이드 마감 시한인 8월 1일까지 이제 며칠 남지 않았다.

트레이드 소식도 하나둘 들려왔다. 하지만 대형 트레이드는 아직 이루어지지 않았다. 찬열 역시 마찬가지다.

루머에 휩싸여 있지만 정확한 정보는 나오지 않았다.

그러는 와중에 레드삭스는 홈인 펜 웨이 파크에서 화이트삭스를 맞이하게 되었다. 팬들은 이때를 기다렸다는 듯 찬열의 트레이드를 반대한다는 문구가 적힌 피켓을 들고 경기장을 찾았다.

그중에는 제 2의 밤비노의 저주가 될 거라는 문구까지 등장했다. 덕분에 펜 웨이 파크는 일찌감치 매진이 됐고 경기장을 찾지 못한 팬들은 보스턴 다운타운에서 단체로 경기를 관람하기도 했다. 많은 이의 관심 속에 시리즈가 시작됐다.

＊ ＊ ＊

[레드삭스의 선발 웨이크필드가 2회를 잘 막고 마운드를 내려갑니다. 정찬열 선수와 호흡이 무척이나 잘 맞는군요?]

[노히트노런을 함께한 뒤에는 더더욱 잘 맞아가는 느낌이에요.]

[그렇습니다. 2회 말에는 정찬열 선수가 선두 타자로 나오겠습니다.]

더그아웃에 돌아간 찬열이 빠르게 장비를 벗었다.

그리고 헬멧과 배트를 챙기고 그라운드로 나갔다.

그의 시선이 스코어보드를 확인했다.

'1점.'

1회 너클볼이 밋밋하게 들어오면서 홈런을 허용했다.

덕분에 선취점을 내주고 말았다.

'일단 저걸 찾아온다.'

최근 트레이드 루머가 많았지만 찬열은 경기에만 집중했다. 메이저리그에서 트레이드는 거부권이 없는 이상 선수가 할 수 있는 게 없었다. 그런 상황에서 굳이 고민할 필요는 없었다.

'내가 할 거만 하면 돼. 어디서든 야구를 하는 건 똑같다.'

마음을 다잡고 타석에 섰다.

사인을 교환한 투수가 와인드업을 했다.

화이트삭스의 선발 투수는 존 댕크스.

올 시즌 깜짝 에이스로 급부상한 선수였다.

"흡-!"

전력을 다해 공을 뿌렸다.

찬열을 상대하는 투수들은 언제나 전력을 다했다.

하지만.

'정직해!'

너무 정직한 승부였다.

초구부터 바깥쪽 낮은 코스로 들어오는 포심 패스트볼이었다. 보통의 타자라면 충분히 카운트를 잡을 수 있는 공.

하지만 상대는 메이저리그 최고의 타자로 성장한 찬열이었다. 그는 있는 힘껏 배트를 돌렸다.

딱-!

경쾌한 소리와 함께 공이 우익수 쪽으로 날아갔다.

펜스까지 따라붙던 우익수는 따라가는 걸 포기하고 공이 담장 밖으로 넘어가는 걸 지켜봤다.

[넘어갔습니다! 시즌 48번째 홈런을 첫 타석에서 만들어내는 정! 찬! 열! 선수입니다!!]

찬열이 동점 홈런을 기록했다.

하지만 화이트삭스는 다시 달아났다.

3회 초에 웨이크필드를 공략해 3점을 낸 것이다.

이런 날도 있는 거다.

어떤 특급 투수라도 매번 등판에서 좋은 성적을 낼 수 없었다.

프랑코나 감독은 웨이크필드를 내렸다.

3회 초.

아직 갈 길이 구만리다. 남은 이닝을 책임져 줄 투수가 필요했다. 그렇다고 지고 있는 상황에서 필승조를 투입할 순 없다. 또한 긴 이닝을 책임져야 했다. 1이닝씩 책임지는 필승조를 투입하긴 일렀다. 이럴 때를 대비해 얼마 전 트리플A에서 콜업한 투수가 있었다.

까무잡잡한 피부의 투수였다. 외모는 젊어보였다.

실제로도 나이가 25살밖에 되지 않았다. 찬열은 그의 정보를 떠올렸다.

'메이저리그 통산 전적은 1승 5패, 하지만 마이너리그에서 경험이 많다.'

도미니카 출신으로 강속구가 장점이다.

연습 때 보았던 포심 패스트볼은 뇌리에 강하게 남아 있었다.

'100마일이었지.'

구속 160㎞.

한국에서는 꿈의 구속이라 불릴 정도의 공이다. 하지만 마이너리그에는 의외로 100마일을 던지는 투수를 쉽게 볼 수 있었다. 그러나 빅 리그에 올라오는 경우는 많지 않았다.

이유는 바로 제구력이다.

'구속과 제구력은 반비례 한다'라는 말이 있을 정도로 두 가지의 균형을 잡는 건 어렵다.

빠른 공을 던지는 투수는 그것에 집착하는 경우가 많다.

마운드 위의 투수. 카스티요 역시 비슷한 유형이었다. 공은 빠르지만 제구력이 들쑥날쑥했다.

'내가 잘 리드해야 된다.'

찬열이 손가락을 움직였다.

'제구력보다는 구위로 눌러야 된다.'

연습 때 직접 공을 던지는 모습을 지켜봤다. 카스티요는 엄청난 재능을 가지고 있다. 그것을 살리기 위해서는 제구력을 요구해서는 안 된다.

찬열이 미트를 가져간 곳은 스트라이크존 한가운데다.

'던져!'

사인을 본 카스티요가 고개를 끄덕였다.

그 역시 자신의 약점을 잘 알고 있었다.

그럼에도 불구하고 빅 리그에 올라올 수 있었던 건 팀의 사정 때문이었다.

현재 레드삭스는 마운드가 약했다. 에이스의 공백, 베테랑의 부진으로 인해 빈틈이 생겼다. 하지만 기회는 많지 않을 것이다. 한 번, 아니면 두 번이 전부일 게 분명했다. 예전에도 그랬으니까.

'더 이상 마이너 생활은 싫다.'

카스티요가 발을 내디뎠다.

오른손 투수.

쓰리쿼터에 가까운 폼에서 팔이 나왔다.

긴 팔이 뒤에서부터 뻗어 나왔다.

"흡-!"

공을 놓는 릴리스 포인트가 굉장히 앞에서 이루어졌다.

그의 손을 떠난 공이 맹렬히 회전을 하며 날아왔다.

뻐엉-!

공이 미트에 박혔다.

후웅-!

그 뒤에야 타자의 배트가 허공을 갈랐다.

"스트라이크!"

[초구부터 97마일을 기록하는 카스티요 투수! 굉장히 빠른 공이네요!]

[맞습니다. 게다가 릴리스 포인트가 무척 앞에 형성이 됐어요. 타자의 입장에서는 2~3마일 더 빠르게 느껴질 겁니다.]

[그렇군요.]

[무엇보다 타이밍을 잡기가 무척이나 까다롭겠어요. 팔이 길고 근육이 유연해서 공을 숨기는 동작, 일명 디셉션이 잘 이루어지고 있습니다.]

[무척이나 좋은 투수군요?]

[조금 더 지켜봐야겠지만 초구는 인상적이네요.]

"나이스! 나이스!"

찬열이 공을 카스티요에게 던졌다.

그 역시 놀라기는 매한가지다.

'장점이 많네.'

생각보다 좋은 공을 던졌다.

하지만.

뻥-!

"볼!"

뻥-!

"볼!"

[2구와 3구 연속으로 볼이 들어옵니다. 볼과 스트라이크의 차이가 심하네요?]

[그렇습니다. 약점이 일찌감치 나오는 모습입니다.]

제구력이 없다는 건 명중을 시키지 못하는 스나이퍼와 같다. 아무리 좋은 무기를 가지고 있어도 맞추지 못하면 무용지물이었다. 스트라이크를 넣지 못하는 투수 역시 마찬가지다.

'흠, 외곽으로 공을 요구하니 너무 신경을 쓰는 거 같은데.'

찬열은 카스티요의 상태를 파악했다.

다시 사인을 냈다.

'포심.'

그리고 미트를 내밀었다.

위치는 초구와 같이 한가운데였다. 고개를 끄덕인 카스티요가 공을 뿌렸다.

뻐엉-!

"스트라이크!"

공이 바깥쪽에 꽂혔다.

괜찮았다.

타자의 입장에서는 멀어 보이는 공이지만 크로스파이어로 제대로 들어왔다.

'의도한 건 아니지만⋯⋯.'

투수의 공이 어디로 들어올지 모른다. 메이저리그에서는 큰 단점이다. 하지만 그 외의 장점이 워낙 좋았다. 그리고 지금 상황에서는 대체할 수 있는 투수도 많지 않았다.

없는 살림을 꾸려나가야 한다. 카스티요에게 공을 던진 찬열이 다시 캐처 박스에 앉았다. 그리고 눈을 감았다.

'살림을 꾸려나가야 하는 건 내 몫이다.'

다시 눈을 떴다. 모든 집중력을 끌어올렸다. 한국에서 경험했던 현상이 다시 나타났다. 그라운드 위의 선수들이 움직이는 게 한눈에 보였다. 카스티요가 긴장한 게 느껴졌다.

'긴장한 투수에게 섣불리 변화구나 어려운 코스를 요구해선 안 된다.'

다시 사인을 냈다.

'포심.'

또다시 미트를 가운데에 가져갔다.

보통의 투수라면 이상하다는 걸 알아채야 했다. 하지만 카스티요는 몰랐다. 너무 긴장을 한 탓이다. 주변 상황이 시야에 들어오지 않았다. 겨우 사인과 미트를 확인할 정도로 시야가 좁았다. 그나마 다행인 건 본인의 공을 던질 수 있다는 것이다.

"흡-!"

공을 뿌렸다.

가운데를 요구했지만 날아오는 궤적은 너무 아래였다.

그 순간 찬열이 한쪽 무릎을 꿇었다. 그리고 자세를 낮췄다. 하지만 상체를 세워 구심의 시야를 가렸다.

스슥-!

뒤에서 구심이 움직이는 게 느껴졌다.

그러나 공이 더 빨랐다.

촤아아악-!

공이 미트에 꽂히는 순간. 부드럽게 손목을 꺾어 위로 올렸다. 동시에 상체를 조금 밑으로 숙였다. 구심의 시야가 다시 확보됐다. 공이 홈 플레이트를 지나는 순간을 놓쳤다. 하지만 미트의 위치는 확실히 보였다.

"스트라이크! 아웃!"

[삼진입니다! 조금 낮다는 생각이 들었지만 구심은 스트라이크를 선언합니다!]

[무척이나 부드러운 프레이밍이었습니다. 정찬열 선수의 특기가 이런 어려운 상황에서 나오네요.]

하나의 아웃.

별거 아닐 수도 있다. 하지만 카스티요에게는 무척이나 중요하게 다가왔다.

'내 공이 통한다.'

자신감을 얻을 수 있었기 때문이다. 동시에 시야가 넓어졌다. 관중들의 응원 소리, 동료들의 격려가 귀에 들어왔다.

"자! 하나씩 잡아 가자!"

그리고 찬열의 말도 말이다.

카스티요가 고개를 끄덕였다.

다음 타자가 타석에 들어왔다.

찬열이 사인을 냈다.

사인을 받은 카스티요는 고개 한 번 젓지 않았다.

"흡ㅡ!"

딱ㅡ!

공이 맞았다.

일이루간을 향해 뻗어 가는 잘 맞은 타구였다.

하지만.

"아자!"

촤아아악ㅡ!

2루수가 다이빙을 하며 타구를 잡았다.

그리고 벌떡 일어나 1루로 공을 뿌렸다.

퍽ㅡ!

"아웃!"

[멋진 플레이가 나왔습니다!]

카스티요가 박수로 2루수의 호수비에 감사의 인사를 표했다. 2루수가 씩 웃으며 손가락 두 개를 올려 보였다.

"투아웃!"

뒤를 지켜 주는 동료가 있다. 카스티요는 그제야 마운드 위에 혼자가 아님을 인지했다. 마운드에 다시 선 그가 공을 뿌렸다.

"흐읍-!"

뻐엉-!

강속구에 걸맞은 굉음이 그라운드에 울려 퍼졌다.

* * *

카스티요의 의미 있는 호투가 이어졌다.

4회 초 솔로 홈런을 허용했지만 후속 타자를 깔끔하게 범타로 돌려세웠다. 그리고 4회 말. 레드삭스의 반격이 시작됐다.

딱-!

[쳤습니다! 페드로이아, 3구를 공략해 중견수 앞 안타를 기록합니다!]

딱-!

[연속 안타가 나옵니다! 우익수 키를 살짝 넘기는 타구에 페드로

이아는 3루에! 유킬리스는 1루에 멈춥니다!]

두 명의 타자가 연속해서 나갔다.

3회까지 잘 막던 존 댕크스.

그랬기에 화이트삭스는 그를 내리지 못했다.

대신 투수 코치가 마운드를 방문해 그를 진정시키며 작전을 전달했다. 찬열은 타석에서 물러나 그 모습을 지켜봤다.

'피하려나.'

그동안의 경험을 생각했을 때 충분히 가능한 시나리오였다.

'뭐, 오티즈가 잘해 주겠지.'

찬열의 대기 타석의 오티즈를 바라봤다.

최근 부진에 빠졌다고는 하지만 여전히 한 방이 있다.

그것을 알기에 자신이 처리하지 못하더라도 조급함을 가지지 않았다. 그때 투수 코치가 내려갔다.

그런데 표정이 썩 좋지 않았다. 마운드 위의 존 댕크스 역시 마찬가지였다.

'이상한데?'

무엇 때문인지는 알 수 없다. 경기가 재개됐다.

타석에 선 찬열은 차분하게 초구를 기다렸다.

'초구를 보면 알 수 있겠지.'

존 댕크스가 와인드업을 했다.

그리고 공을 뿌렸다.

뻐엉-!

"스트라이크!"

초구가 낮은 코스로 들어왔다.

'음?'

중요한 건 그게 아니다.

중요한 건 존 댕크스가 자신을 피할 생각이 없어 보인다는 것이다.

'이래서 표정이 좋지 않았던 건가?'

예상이다.

아마 투수 코치는 자신을 볼넷으로 내보내라 했을 것이다.

하지만 존 댕크스는 거절했을 것이다.

자존심 때문에 말이다. 메이저리그 팀의 에이스들은 큰 연봉을 받는 만큼 프라이드 역시 강했다.

'뭐, 나야 좋은 일이지.'

찬열이 자세를 낮추고 어깨에 힘을 뺐다. 릴렉스한 자세로 타석에 섰다. 집중력을 끌어올려 세트 포지션에서 주자를 견제하는 존 댕크스를 바라봤다. 견제구를 던질 생각은 없어 보였다.

탁-!

예상대로 바로 발을 뻗었다. 그리고 공을 뿌렸다. 포심 패스트볼의 궤적을 그리며 날아오는 공이다. 하지만 포심이 아님을 알고 있었다.

'스플리터!'

공의 회전이 그랬다.

찬열은 밑에서부터 위로, 어퍼 스윙으로 배트를 돌렸다.

후웅—!

따악—!

제대로 올려친 타구가 높게 떠올랐다. 중견수가 점점 뒤로 물러났다. 공이 떨어지기를 바라며 말이다. 하지만 공은 떨어지지 않았다.

[그대로 넘어갑니다!! 쓰리런을 터뜨리는 정찬열 선수! 연타석 홈런으로 시즌 49번째 홈런을 자축합니다!]

존 댕크스가 고개를 떨어뜨렸다.

그라운드를 도는 찬열의 눈에 화이트삭스의 더그아웃에서 공을 들고 올라오는 감독이 보였다.

[아~ 여기서 존 댕크스를 내리네요. 화이트삭스, 투수 교체입니다.]

자존심을 지킨 대가였다.

* * *

초반의 강렬했던 타격전이 잠잠해졌다.

레드삭스와 화이트삭스는 4회 말 찬열의 3점짜리 홈런 이후 점수를 내지 못했다.

찬열 역시 2번의 타격 기회가 더 있었지만 모두 볼넷으로 베이스로 나갔다.

카스티요는 7회까지 마운드를 지켰다. 찬열과 짝을 맞춰 환상적인 호흡을 자랑하며 1실점만 하며 준수한 성적을 냈다. 이후 올라온 필승조가 화이트삭스의 타선을 막아냈다.

[9회 초, 마무리 투수를 올리며 승부수를 띄운 프랑코나 감독, 과연 뜻대로 경기가 풀릴지 9회 말 레드삭스 공격이 시작됩니다.]

프랑코나 감독은 9회 초에 팀의 마무리를 등판시켰다.

1점 뒤지고 있는 상황에서 과감한 선택이었다.

이유는 바로 9회 말에 한 명의 타자라도 출루를 하면 찬열까지 기회가 오기 때문이다. 양 팀 모두 투수의 소비가 심했다. 9회에 어떻게든 경기를 끝내야 했다. 화이트삭스 역시 마무리 투수를 마운드에 올렸다. 하지만……

딱―!

[쳤습니다! 1번 타자 제이코비 중견수 앞에 떨어지는 안타로 1루에 출루합니다!]

펑―!

"볼! 베이스 온 볼!"

[풀카운트에서 유인구를 지켜보는 페드로이아! 주자가 쌓이기 시작합니다!]

두 명의 주자가 출루했다.

사람들이 기대감을 가지고 3번 타자 유킬리스를 지켜봤다.

그러나.

딱―!

[아~ 높게 뜬 타구에 방망이를 집어던지는 유킬리스. 공은 내야를 벗어나지 못하고 2루수에게 잡힙니다. 이미 인 필드 플라이가 선언이 됐네요.]

원아웃.

그리고 타석에는 찬열이 들어섰다.

그러자 포수가 기다렸다는 듯 자리에서 일어났다.

"우우우우-!"

관중석에서 야유가 쏟아졌다.

[화이트삭스, 고의사구를 선택합니다.]

[엄청난 야유가 쏟아지네요.]

찬열은 네 개의 공이 한참 벗어나는 걸 지켜봤다.

퍽-!

"볼. 베이스 온 볼."

구심이 1루를 가리켰다.

찬열이 보호 장구를 벗으며 뒤에 서 있던 오티즈를 바라봤다. 그의 표정을 본 찬열이 미소를 지으며 1루로 걸어갔다.

'단단히 열 받았네.'

빅 파피 데이빗 오티즈. 레드삭스를 상징하는 타자다.

비록 최근에는 부진에 시달리고 있지만 그는 레드삭스의 심장이나 다름없다. 그런 그가 뒤에 있는데 자신을 볼넷으로 내보냈다. 자존심이 상할 수밖에 없었다. 그리고 오티즈는 자신을 무시한 화이트삭스에 비수를 꽂았다.

따악─!

[쳤습니다! 큽니다! 그린 몬스터를 잡아먹기 위해 날아가는 타구! 그대로 그린 몬스터를 넘깁니다!! 빅 파피가 끝내기 그랜드슬램을 터뜨립니다!!]

"우오오오오!"

1루로 달려가는 빅 파피가 포효했다.

레드삭스 단장의 얼굴이 굳어졌다.

그의 마음속은 이미 찬열을 트레이드 시키는 것으로 굳혀지고 있었다.

하지만 오늘 경기.

화이트삭스와의 경기를 모두 지켜본 결과 마음이 흔들렸다. 분명 질 경기였다. 화이트삭스의 타선이 폭발했다.

선발인 웨이크필드가 일찌감치 마운드를 내려갔다. 하지만 뒤를 이어 올라온 투수, 카스티요를 완벽하게 리드했다. 그가 공을 편하게 던지게 해주었고 그 결과 카스티요는 자신감을 얻었다. 최적의 타이밍에 터진 3점짜리 홈런 역시 흐름을 바꾸기에 충분했다.

선수가 어떤 일을 계기로 한순간 180도 바뀌는 건 흔히 있는 일이다. 갑자기 타격에 눈을 뜨거나 좋은 트레이너를 만나 구속이 빨라지는 선수도 있었다. 하지만 제구력은 한순간에 좋아지지 않았다.

냉정하게 말해 오늘 경기에서 카스티요의 제구력은 좋은

편이 아니다. 3이닝을 던지면서 4개의 볼넷을 허용했다. 1이 닝에 1개 이상의 볼넷을 허용한 것이다. 그런데도 실점은 고 작 1개다. 흔들리지 않았다는 뜻이다. 그렇게 할 수 있었던 건 찬열의 적절한 리드가 있었다.

'우리는 저 선수에 대해 아무것도 몰랐다.'

그동안 찬열이 신인 선수와 호흡을 맞춘 적은 없었다.

근 2년간 레드삭스의 선발진은 언제나 베테랑들로 꾸려졌 기 때문이다. 특히 작년에는 베테랑들이 시즌 끝까지 잘 던 졌다. 하지만 올해는 달랐다.

베켓의 부상을 비롯해 선발진에 변화가 많이 있었다.

그런 와중에 루키인 카스티요와 호흡을 맞췄다. 그리고 찬 열은 카스티요의 잠재력을 끌어올렸다.

'정은…….'

단장이 자리에서 일어났다. 그리고 창가로 걸어갔다.

끝내기 홈런을 때린 오티즈에게 음료수 세례를 퍼부으며 즐거워하는 선수들이 보였다.

'조니 벤치의 진화판이다.'

역사상 가장 뛰어난 포수로 언급되는 한 명.

조니 벤치.

그의 헌신을 보는 것 같았다.

'저런 선수를 트레이드하라고?'

미친 소리였다. 대체가 가능하다고 생각했다. 하지만 아니다. 그는 위기 상황에 더 뛰어난 능력을 보여 주는 선수다.

'보낼 수 없다.'

단장의 마음이 바뀌었다.

* * *

다음 날.

보스턴 지역지에 단장의 코멘트가 실렸다.

[정찬열의 트레이드는 없습니다.]

여지를 둔 코멘트가 아니다. 단호하게 선을 그었다.

레드삭스 팬들이 일제히 환호를 질렀다.

그 소식을 접하지 못한 채 찬열은 구장에 나왔다.

차에서 내리는 순간, 그에게 한 남자가 다가왔다.

단장이다.

"정, 잠깐 이야기 좀 하지."

"예."

찬열은 그를 따라갔다. 도착한 곳은 사무실이 아니라 구장
에 위치한 매점이었다.

"음료수 마시겠어?"

"물이면 충분합니다."

"이야기는 들었지만 참 재미없게 산단 말이지."

웃으며 말하는 그의 말에 찬열도 미소를 지었다. 단장은 아메리카노를 시키고 찬열은 물이 든 컵을 들고 빈자리에 앉았다. 이른 시간이 구장은 조용했다.

단장이 커피를 한 모금 마시고 정적을 깼다.

"자네의 트레이드를 모두 거절했어."

찬열이 놀란 표정을 지었다.

"아직 듣지 못했나 보군."

"예."

대답이 끝나기 무섭게 스마트폰이 울렸다.

상대를 확인하자 로버트 세로니였다.

"로버트인가?"

찬열이 아무 대답도 하지 않았다.

"나중에 받도록 하지."

고개를 끄덕였다.

대화 도중에 전화를 받는 건 예의가 아니다.

"수많은 구단에서 오퍼가 왔어. 매력적인 제안도 있었지. 하지만 난 모두 거절했네. 그만큼 자네가 우리 팀에 중요해서 내린 선택이지."

찬열은 그의 말을 듣기만 했다. 지금 상황에서 함부로 말을 하면 곤란해질 수 있기 때문이다. 단장도 딱히 대답을 원하지 않았다. 그는 자신이 할 말을 계속 이었다.

"이번 시즌이 끝나고 자네는 팀을 떠날 수도 있지. 하지만 그 전에는 아직 팀의 일원이야."

"알고 있습니다."

"내가 자네를 잡은 이유는 단 하나, 바로 레드삭스의 우승이라네."

단장이 하고 싶은 말이 무엇인지 알 수 있었다.

포수는 부상을 자주 당하는 포지션이다. 그러다 보니 FA를 앞둔 포수의 경우 몸을 사리거나 플레이에 소홀해질 수도 있다. 찬열도 그러지 않을까 염려하고 있었다.

"분명하게 말씀드릴 수 있는 건 하나입니다. 전 이번 시즌이 끝날 때까지는 레드삭스의 일원입니다."

단장이 말없이 찬열을 바라봤다.

흔들림 없는 그의 눈빛에 만족스런 미소를 지었다.

"그 말 믿겠네."

찬열이 고개를 끄덕였다. 단장과 헤어지고 바로 로버트에게 전화했다. 역시나 트레이드 이야기를 꺼냈다.

"단장과 이야기를 나누었습니다."

[뭐라 하던가요?]

찬열은 그와 했던 이야기를 말했다.

그러자 의외라는 반응이 나왔다.

[이상하군요. 얼마 전까지는 반드시 트레이드 시킬 것 같은 분위기였는데 말이죠.]

이 바닥의 심리를 잘 아는 로버트라 할지라도 한 사람의 마음을 모두 알 수는 없는 법이었다.

간단히 대화를 끝낸 찬열이 경기를 준비했다.

어느덧 8월을 앞두고 있다.

이제 레드삭스기 우승하기 위해선 한 경기, 한 경기가 매우 중요하다.

'나 역시 우승을 하고 싶다……. 그리고…….'

찬열이 라커룸 거울에 비친 자신의 모습을 바라봤다.

'나 역시 이번 시즌을 놓치고 싶지 않아.'

* * *

트레이드 시장이 본격적으로 활성화됐다.

각 구단들의 빅딜이 이어졌다. 하지만 레드삭스는 조용했다. 단장은 자신이 뱉었던 말을 지켰다. 8월 1일이 되었지만 찬열의 트레이드 소식은 전해지지 않았다. 그리고 문이 닫혔다.

많은 레드삭스 팬이 프런트에 환호를 보냈다.

찬열은 경기에만 집중할 수 있게 됐다.

이제 우승을 위해 다시 한 번 팀이 전력질주를 해야 될 때였다. 현재 레드삭스의 선발진은 6명의 투수가 로테이션을 돌고 있었다.

1선발에는 클레이 벅홀츠, 2선발은 존 레스터가 자리를 굳건히 지켰다. 3선발은 존 랙키, 4선발은 마쓰자카, 5선발에는 카스티요와 웨이크필드가 번갈아 가며 던지고 있었다. 이중에서 확실한 승리카드는 벅홀츠와 레스터가 전부였다.

존 랙키는 올 시즌 10승 8패를 기록 중이었다.

평균 자책점은 4점대.

5년간 8,500만 달러의 고액 연봉자치고는 성적이 좋지 못했다. 마쓰자카 역시 마찬가지다.

부상 병동이라는 별명을 가진 선수답게 벌써 몇 번이나 엔트리에서 빠졌었다.

승패는 8승 4패를 기록 중이었다.

타선의 도움이 컸다. 웨이크필드는 최근 선발 라인업에서 거의 빠진 상황이다. 체력적인 부담이 컸다. 그나마 카스티요가 점점 자리를 잡아가고 있다는 게 다행이었다.

카스티요는 3번 선발로 등판해 2승 무패를 기록하고 있었다. 평균 자책점은 2.13으로 준수했다.

볼넷 비율은 여전히 높은 편이었지만 말이다. 선발진이 들쑥날쑥하고 있지만 여전히 레드삭스가 1위를 지킬 수 있는 힘은 바로 타선이다.

FA로 영입한 벨트레가 좋은 성적을 내고 있고 빅 파피 오티즈가 부진을 떨치고 부활했다. 선발 라인업의 선수들이 부상으로 시달리고 있지만 백업 선수들이 충분히 잘해 주고 있었다. 그리고 빼놓을 수 없는 선수가 한 명 있었다.

"정! 정! 정! 정!"

펜 웨이 파크가 들썩였다.

한 남자의 등장 때문이다.

[올 시즌 괴물 같은 활약을 펼치고 있는 선수가 나옵니다. 타율 3할
6푼 2리, 108타점, 50홈런, 25도루를 기록 중인 정찬열 선수입니다!]

더 이상 메이저리그에 정찬열이란 이름을 모르는 사람은
없었다. 그도 그럴 것이 찬열은 현재 도루를 제외한 타격 전
부문에서 1위를 기록 중이다. 이런 활약에 힘입어 그의 인기
는 하늘을 찔렀다. 모국인 한국은 물론이거니와 미국, 그리
고 세계적인 업체에서 그에게 러브콜을 쏟아내고 있었다.

"후우-!"

타석에 선 찬열이 호흡을 골랐다.

그리고 배트를 어깨에 걸쳤다.

상대는 토론토의 젊은 선발 투수인 리키 로메로였다.

"흡-!"

기합 소리와 함께 공을 뿌렸다.

퍽-!

"볼!"

볼이 선언이 됐다.

찬열은 여유롭게 타석에서 물러나 스윙을 체크했다.

메이저리그에 데뷔한 것이 작년이다. 하지만 그의 모습에
서는 무척이나 여유가 느껴졌다. 마치 베테랑들처럼 말이다.

무엇보다 본인의 리듬대로 경기를 이끌어 가는 능력이 뛰어났다. 그가 다시 타석에 섰다.

리키 로메로는 어떻게든 흐름을 깨기 위해 투수판에서 발을 뗐다. 그리고 로진을 손에 묻혔다. 작은 심리전이다. 하지만 찬열은 그런 것에 휩쓸리지 않았다.

"차앗─!"

2구를 뿌렸다.

종으로 떨어지는 슬라이더였다.

찬열의 배트가 밑에서부터 위로 궤적을 그렸다.

딱─!

경쾌한 소리와 함께 공이 빠르게 그리고 멀리 날아갔다.

[넘어갑니다!!]

51번째 홈런이다.

더 이상 찬열이 홈런을 치는 것에 놀라워하는 사람은 없었다. 사람들은 다른 것에 기대를 가지고 있었다. 과연 정찬열이 70홈런을 기록할 것인가?

메이저리그에도 70홈런은 매우 특별한 기록이다. 120년이란 세월 동안 단 두 명. 마크 맥과이어와 배리 본즈만이 달성했기 때문이다. 그리고 불명예스러운 기록이기도 했다.

두 선수 모두 약물 의혹을 받았기 때문이다. 그런 상황에서 약물 의혹을 온전히 벗어난 한 선수가 대기록에 도전하고 있었다. 당연히 모든 시선이 집중될 수밖에 없었다.

2장

찬열의 진면목

8월도 어느덧 절반이 흘렀다.

카스티요는 팀의 4선발까지 올라왔다.

여전히 제구력이 좋지 않긴 했지만 이전보다는 좋아졌다.

한 번씩 엉뚱한 공이 날아왔지만 찬열의 능력으로 충분히 커버가 가능한 수준이었다.

'포심.'

찬열이 사인을 냈다. 카스티요가 고개를 끄덕였다.

로테이션이 꽤 다양해지긴 했지만 여전히 포심이 주력이었다. 카스티요가 다리를 들었다. 그리고 있는 힘껏 공을 뿌렸다.

뻐엉-!

"스트라이크!"

굉장한 소리가 그라운드를 울렸다.

[100마일이 찍힙니다! 카스티요 선수, 제구력은 아직 미완이지만 구속만 놓고 보면 에이스급 아닙니까?]

[그렇습니다.]

하지만 카스티요는 선발로서는 최악의 약점을 가지고 있었다. 바로 들쑥날쑥한 제구력이다.

펑―!

"볼! 베이스 온 볼!"

초구로 스트라이크를 던졌지만 이후 들어온 공이 모두 볼이 되었다. 결국 1루 베이스가 채워졌다.

카스티요가 모자를 벗어 땀에 젖은 머리를 쓸어 넘겼다.

'날이 덥네.'

한국과 비슷한 날씨이기에 여름이 되면 보스턴도 꽤 더워졌다. 찬열도 마스크를 벗어 땀을 닦아냈다.

간단히 휴식을 취하고 다시 경기가 시작됐다.

"플레이!"

찬열이 빠르게 손가락을 움직였다.

구종은 슬라이더였다.

'주자가 뛰진 않을 거다.'

카스티요의 구속은 무척이나 빠르다. 게다가 포심 패스트볼을 자주 던진다. 그런 사실을 메이저리그 선수들이라면 모를 리 없었다. 그러다 보니 카스티요가 마운드에 있을 때 도루를 시도하는 주자는 많지 않았다. 카스티요가 고개를 끄덕이고 투수판을 밟았다.

'어?'

그런데 카스티요가 1루 주자를 견제하지 않았다. 견제란 공을 1루에 던지는 것만이 전부가 아니다.

눈으로 쳐다보는 것 역시 견제다. 그리고 이런 견제는 모든 경우에 반드시 이루어져야 되는 부분이다. 그런데 카스티요는 그냥 공을 뿌렸다.

당연히 1루 주자는 스타트를 걸었다.

탁-!

"고!"

1루의 유킬리스가 신호를 주었다. 그 순간 카스티요의 릴리스 포인트가 흔들렸다. 너무 늦게 공을 놓아버린 것이다.

유킬리스의 슬라이더가 홈 플레이트에 도착하기도 전에 땅에 떨어졌다. 원바운드가 되어 옆으로 흘러갔다. 찬열이 빠르게 움직였다.

좌아악-!

퍽-!

공을 앞에 떨어뜨리고 빠르게 잡았다.

그리고 2루로 송구했다.

"흡-!"

쐐애애액-!

빠르게 날아간 공이 정확히 2루수의 글러브에 박혔다.

퍽-!

다소 높게 들어온 공이다.

하지만 2루수가 재빠르게 움직여 주자를 태그 했다.

퍽-!

허리쯤에 글러브가 닿았다.

모든 이의 시선이 2루심에게 향했다.

"세이프!"

"우우우우-!"

펜 웨이 파크에 야유가 쏟아졌다.

그들의 눈에는 아웃 타이밍으로 보였기 때문이다.

[아웃 아닌가요?]

[느린 화면을 봐야겠는데요.]

곧 화면이 바뀌고 방금 전 상황이 리플레이 됐다.

슬로우가 걸린 화면이 나오자 해설위원과 캐스터가 탄성을 터뜨렸다.

[아~ 이건 아웃이네요.]

[손이 베이스에 닿기 전에 글러브 터치가 이루어졌습니다. 아웃이 맞습니다.]

2010년에는 아직 메이저리그에 비디오 판독이 들어오지 않았다.

판정 번복이 일어날 가능성은 없었다.

그런데 프랑코나 감독이 자리를 박차고 그라운드로 걸어 나왔다.

[프랑코나 감독, 항의가 꽤 격렬합니다.]

프랑코나 감독이 2루까지 찾아가 항의를 시작했다.

몇몇 베테랑 선수가 다가와 그를 말렸지만 무용지물이 었다.

항의는 더 강해졌고 결국 구심이 다가왔다.

[아~ 설마 퇴장인가요?!]

구심이 프랑코나 감독을 향해 더그아웃 밖으로 나가라는 제스처를 취했다. 프랑코나 감독이 더욱 화를 냈다. 하지만 판정은 번복되지 않았다. 코치들이 다가와 감독과 구심을 떼어 냈다.

[경기가 지연이 됩니다. 분명 오심이었지만 프랑코나 감독의 반응이 다소 격하지 않았나요?]

[최근 지구 2위인 양키스와의 승차가 좁혀지면서 조급함을 느꼈나요? 이해하기 어려운 격한 항의였습니다.]

올 시즌을 끝으로 프랑코나 감독의 임기는 끝난다.

구단에서는 이미 감독에게 올 시즌 우승을 하지 못하면 재계약은 하지 않겠다는 의사를 전달했다. 그 일로 인해 스트레스가 쌓였다. 점점 추격을 당하니 스트레스는 점점 쌓였고 결국 폭발하고 말았다.

오늘의 일은 시발점에 불과했다. 문제는 최악의 결과로 치닫고 말았다는 것이다. 경기에서 감독의 역할은 매우 중요하다. 팀의 리더로서 모든 걸 조율해야 했다. 그런 감독이 퇴장을 당했다. 한참의 실랑이 끝에 결국 프랑코나 감독은 더그아웃을 떠나야 했다.

[감독이 퇴장을 당하는 레드삭스입니다.]

경기는 아직 3회였다.

감독이 없는 상태에서 앞으로 7이닝을 더 버텨야 했다.

'그리고 이겨야 한다.'

찬열이 마스크를 썼다.

"플레이!"

경기가 재개됐다.

감독이 퇴장을 당하면 수석 코치가 대행을 맡는다.

하지만 경험의 차이는 크다.

레드삭스의 수석 코치는 프랑코나 감독의 심복인 마누엘이었다. 코치로서의 능력은 뛰어나다. 보좌 역할을 잘하고 조언자로서도 뛰어난 능력을 보였다. 하지만 한 팀을 지휘하기에는 경험이 부족했다. 그래도 노력했다.

그동안 봐온 것이 있으니 그럴듯하게 오더를 내렸다.

그의 지휘에 따라 코치들이 움직였다.

수비 코치가 움직이며 외야수들의 위치를 조절했다.

찬열은 다시 경기에 집중했다.

하지만 신인에 가까운 카스티요는 바로 안정을 찾지 못

했다.

펑―!

"볼!"

펑―!

"볼!"

연달아 볼이 들어왔다.

'흔들리고 있다.'

아직 신인인 카스티요에게 감독의 퇴장은 큰 충격으로 다가온 듯했다. 릴리스 포인트가 일정하지 않았다.

찬열이 타임을 요청했다. 마운드 방문을 위해서가 아니다.

시간을 벌어주기 위해서다. 장비를 체크하며 시간을 벌었다. 아주 짧은 시간이다. 하지만 카스티요에게 약간의 여유를 줄 수 있었다.

적절한 타이밍에 다시 마스크를 썼다.

"감사합니다."

구심에게 감사의 인사를 하는 것도 잊지 않았다.

'1루가 비어 있어.'

찬열이 손가락으로 1루 베이스를 가리켰다.

'볼넷을 줘도 돼. 그러니까 여유 있게 던져.'

양팔을 좌우로 펼치고 숨을 깊게 들이마시는 제스처를 취했다. 릴렉스 하라는 사인이었다. 카스티요가 고개를 끄덕였다. 찬열이 바닥의 흙을 쓸어 손에 묻혔다. 그 모습을 본 카스티요도 투수판을에서 발을 떼고 로진백에 손을 뻗었다.

[갑자기 카스티요 선수에게서 여유가 느껴지네요.]

[정찬열 선수가 적절한 타이밍에 잘 끊어줬습니다. 자세히 보시면 제스처가 굉장히 많은데요.]

[제스처가 많은 게 어떤 의미가 있는 거죠?]

[투수를 안정시킬 수 있습니다. 신인 선수들은 위기에 빠지면 시야가 좁아집니다. 여유를 가지지 못하고 공을 던져요. 그럴 때 포수가 무엇을 해라라고 말해주는 게 바로 제스처입니다.]

[즉, 카스티요 선수의 좁아진 시야를 넓혀준다. 이 소리군요?]

[맞습니다.]

카스티요의 호흡이 돌아왔다. 온전한 상태가 된 건 아니지만 충분했다. 찬열이 손을 앞으로 휘둘렀다.

'편하게 던져.'

카스티요가 고개를 끄덕였다.

투수판을 밟은 카스티요가 고개를 돌려 2루 베이스를 확인했다.

'오호.'

찬열의 입가에 미소가 그려졌다.

주자도 확인할 정신이 있다면 여유를 찾은 것이다.

카스티요가 홈 플레이트를 바라보는 동시에 공을 뿌렸다.

"흡—!"

쐐액—!

공이 낮게 깔려왔다. 찬열이 미트의 웹을 아래로 향했다.

좌아악-!

공이 웹에 들어와 회전을 하는 순간, 손목을 돌려 위로 끌어 올렸다.

"스트라이크!"

타자의 입장에서는 조금 낮다. 하지만 찬열의 적절한 프레이밍이 섞이자 볼은 스트라이크가 됐다.

구심의 판정에 불만이 있지만 타자는 내색하지 않았다.

방금 전 폭풍이 지나갔기 때문이다. 반면 카스티요는 자신감을 얻었다. 찬열이 미소를 지으며 다시 사인을 냈다.

* * *

위기를 넘겼다.

하지만 경기의 흐름을 찾아올 순 없었다.

4회, 5회.

연달아 카스티요는 점수를 내주었다.

반면 레드삭스는 득점을 올리지 못했다. 주자가 꾸준히 나가긴 했지만 결정을 짓지 못했기 때문이다.

찬열의 타순이 돌아오면 볼넷으로 베이스에 나갔다. 주자가 있더라도 상대팀의 선택은 승부를 피하는 것이었다.

결정력이 가장 좋은 4번 타자가 매번 걸어서 나가니 점수를 낼 기회가 없었다. 초반이 지나고 중반에 이르렀을 때. 레드삭스는 4점이나 리드를 당하고 있었다.

그리고 카스티요가 내려갔다.

'이대로면 경기에서 진다.'

카스티요는 잘 막았다.

위기가 있기는 했지만 그래도 침착함을 찾은 것만으로도 다행이었다.

문제는 앞으로다. 더그아웃의 코치들이 우왕좌왕하는 게 느껴졌다. 코치를 한 번에 휘어잡을 사람이 없어서 생기는 현상이었다.

'수비의 위치도 정확히 사인이 나오지 않고 있다.'

더 이상 방관할 수는 없다.

두 번째 투수가 마운드에 올라왔다.

찬열은 자리에 앉아 공을 받으며 결단을 내렸다.

'나선다.'

찬열의 눈빛이 변했다.

투수 코치가 마운드를 내려가고 경기가 재개됐다.

마운드 위에는 팀의 추격조 역할을 하는 베테랑 게릴이 올라와 있었다.

"플레이!"

경기가 재개됐다.

찬열의 시선이 더그아웃을 향했다.

여전히 코치들은 정신이 없었다. 뭔가 산만한 분위기였다.

찬열이 다시 그라운드를 바라봤다.

눈을 감고 정신을 집중했다.

눈을 다시 떴을 때. 그라운드의 상황이 한눈에 들어왔다.

찬열이 고개를 들어 타자의 움직임을 살폈다.

'오늘 경기에서 안타 한 개, 병살타 한 개를 기록했다.'

병살타를 기록했던 순간을 떠올렸다.

'몸 쪽으로 휘면서 떨어지는 투심에 배트가 돌았다.'

카스티요의 투심은 오른손 타자를 기준으로 몸 쪽으로 휘어들어온다. 동시에 밑으로 조금 떨어진다. 그러다 보니 땅볼이 만들어지는 경우가 많았다. 찬열의 머리가 빠르게 회전했다.

'올 시즌 몸 쪽 공에 대한 성적이 썩 좋은 편이 아니었다.'

경기 전 봤었던 데이터를 떠올렸다.

'베이스에 있는 레너드는 발이 빠르지 않다. 충분히 병살을 만들어낼 수 있어.'

결정을 내리고 손가락을 움직였다.

'몸 쪽 슬라이더.'

게릴이 고개를 끄덕였다.

좌투인 게릴의 슬라이더는 몸 쪽을 공략하기에 매우 용이했다. 게릴이 1루 주자를 눈으로 견제할 때. 찬열이 다시 한 번 사인을 냈다. 이번에는 수비들에게였다.

'공이 삼유간으로 갈 수 있어.'

간단한 사인.

하지만 그것으로 유격수가 움직일 방향을 결정했다.

1루에 주자가 있을 때 유격수는 때에 따라 2루 베이스로 이동해야 된다. 태그플레이, 백업플레이를 염두에 둬야 했기 때문이다. 그래서 베이스에 조금 더 붙어서 수비를 했다.

하지만 공이 삼유간으로 온다는 걸 안다면? 이야기는 달라진다. 굳이 베이스에 붙어 있을 필요가 없다.

하지만 바로 움직이지 않았다. 공을 던지기 전, 수비가 움직인다면 코스를 노출하는 게 되니까 말이다.

게릴은 1루 주자의 무게 중심이 1루 베이스로 향하자 곧장 홈을 향해 공을 뿌렸다.

"흡-!"

공이 맹렬하게 회전을 하며 스트라이크존 한가운데로 날아왔다.

타자의 스윙이 스타트를 걸었다.

그때 궤적이 크게 꺾이며 몸 쪽으로 휘어 들어왔다.

스윙을 멈추려 해도 너무 스타트가 빨랐다.

멈출 수 없었다.

결국.

딱-!

배트의 손잡이와 가까운 부위에 공이 맞았다.

홈 플레이트 바로 앞에서 원바운드가 된 공이 삼유간으로 빠르게 굴러갔다. 베이스 뒤에 있던 3루수가 잡기에는 너무 빨랐다. 본래 유격수의 위치라면 처리할 수 없다. 하지만 공을 던지는 순간 유격수가 3루 베이스 쪽으로 이동하고 있었다. 덕분에 공을 안전하게 포구할 수 있었다.

펙-!

공이 2루로 향했다.

베이스를 밟은 2루수가 공을 포구하고 바로 옆으로 비켜서며 1루로 공을 뿌렸다.

펙-!

"아웃!"

[순식간에 아웃 카운트 두 개가 올라갑니다! 깔끔한 더블플레이가 나왔습니다!]

[정말 안정적인 수비가 나왔습니다.]

흔하게 나오는 더블플레이다.

하지만 그 과정에서 찬열이 보여 준 지휘는 놀라움 그 자체였다.

더그아웃의 코치들이 놀란 눈으로 찬열을 보는 것만 하더라도 알 수 있었다.

'내야의 수비를 움직이는 건 포수의 권한 중 하나다. 하지만……'

수석 코치인 마누엘은 포수 출신이다.

그래서 찬열의 플레이가 얼마나 대단한 것인지 알 수 있었다. 최근 메이저리그에서도 포수의 역할은 줄어들고 있었다.

사인은 더그아웃에서 나왔다. 내야를 지휘하던 역할은 사라졌다. 그런 상황에서 찬열은 내야의 수비들을 지휘했다.

타자가 어떤 공에 약한지 계산하고 투수를 리드했다.

그리고 수비들에게 미리 사인을 주어 그곳으로 움직일 수 있게 이끌었다. 모두 찬열의 손 위에서 펼쳐진 그림이었다.

'사령관⋯⋯.'

왠지 그 단어가 떠올랐다.

* * *

흐름이 바뀌었다.

찬열은 타구가 나아갈 방향을 예측, 수비들에게 사인을 주었다.

더그아웃이 잠잠하자 더욱 적극적으로 나섰다.

그 결과.

레드삭스는 더 이상 실점하지 않고 7회까지 왔다.

폭풍이 몰아치던 초반이 끝나고 조용한 중반으로 보냈다.

그리고 후반에 들어섰다. 견디고 견뎠던 레드삭스에게 빛이 쏟아졌다.

딱-!

[때렸습니다! 좌익수 따라가지만 키를 넘깁니다! 그사이 2루까지 달리는 제이코비! 세이프입니다!]

선두 타자인 제이코비가 2루타를 때려냈다.

하나의 안타지만 흐름을 가져오기에 충분했다.

퍽—!

"볼! 베이스 온 볼!"

[6구째 떨어지는 변화구를 참아내며 볼넷을 얻어냅니다!]

연속으로 출루에 성공한 레드삭스. 그리고 3번 타자로 최근 페이스가 좋은 벨트레가 들어섰다.

찬열 다음으로 가장 많은 홈런을 때려낸 벨트레다. 그와 승부를 하는 건 위험했다. 그렇다고 피할 수도 없었다.

그 뒤에는 더 위험한 찬열이 있었기 때문이다. 진퇴양난.

결국 승부를 선택할 수밖에 없었다.

딱—!

그리고 벨트레는 초구부터 노리고 배트를 돌렸다.

하지만 빗맞은 안타가 외야에 크게 떴다.

그런데 위치가 애매했다. 유격수와 좌익수 그리고 중견수가 모이는 지점에 떨어졌다. 그리고 누구도 잡지 못했다.

텍사스 안타다.

제이코비가 홈으로 들어오진 못했지만 한 베이스씩 진루하기에는 충분했다. 그리고.

"정! 정! 정! 정!"

그라운드에 한 사람의 성이 울렸다.

[무사 만루의 찬스에 레드삭스의 4번 타자, 타격 전 부문 1위를 달리고 있는 정찬열 선수가 타석에 들어섭니다!]

피할 수도 없었다.

그의 뒤에는 빅 파피 오티즈가 있었기 때문이다.

오티즈는 끝내기 만루 홈런 이후 무서운 페이스로 치고 올라왔다.

[특히 정찬열 선수를 거르고 오티즈를 택한 팀들은 모두 혼쭐이 났었죠?]

[맞습니다. 끝내기 만루 홈런을 기록한 이후 그런 케이스가 3번 있었는데 오티즈 선수는 모두 홈런을 기록했습니다.]

[과연 어떤 선택을 내릴까요?]

찬열을 걸렀을 때. 오티즈는 찬열보다 더 무서운 괴물이 된다. 결국 선택할 수 있는 건 승부다.

"정에게 맞으면 동점이 되지만 오티즈에게 맞으면 역전이다. 차라리 동점이 나아!"

포수의 말에 투수가 고개를 끄덕였다. 타임이 끝나고 경기가 재개됐다. 찬열은 다시 타석에 서서 수비들의 움직임 그리고 투수의 움직임을 자세하게 살폈다.

'승부를 하겠군.'

투수가 발을 내디뎠다.

"흡—!"

펑-!

"스트라이크!"

낮은 코스로 들어오는 포심 패스트볼이었다.

전력을 다했는지 구속이 94마일이 찍혔다.

대단한 속도였다.

[바깥쪽 낮은 코스에 날카롭게 꽂힙니다! 정찬열 선수, 그저 지켜봅니다!]

[몸 쪽을 노리고 있었던 걸로 보입니다. 아니면 변화구를 노리고 있거나요.]

초구를 놓쳤지만 찬열은 개의치 않았다.

공 하나하나에 미련을 가지다 보면 결국 슬럼프에 빠진다.

야구는 여기저기 함정이 널려 있는 스포츠다. 언제나 조심 또 조심해야 했다. 그리고 기회가 왔다고 생각이 들면…….

"흡-!"

[2구 던집니다!]

위에서 아래로 떨어지는 커브. 찬열의 눈이 빛났다.

다리를 내디뎠다.

탁-!

먹잇감을 발견한 맹수처럼 전력을 다해 배트를 돌렸다.

따악-!

[쳤습니다! 높게 뜬 타구!! 담장 밖으로……!!! 넘어갑니다~!!!!]

모든 힘을 다해 쳐내야 한다.

그라운드를 도는 찬열에게 환호가 쏟아졌다.

"정! 정! 정! 정!"

3루를 돌아 홈으로 들어오자 미리 집으로 돌아왔던 동료들이 기다리고 있었다.

"나이스!"

"아자!"

"굿!"

동료들과 하이파이브를 하며 기쁨을 나누었다.

그리고 오티즈가 다가왔다.

"나이스 홈런!"

"한 방 날려요!"

"크하하! 그래, 알았다."

짝-!

가볍게 하이파이브를 한 뒤 더그아웃에 돌아갔다.

그리고 음료수를 마시려는 찰나.

따악-!

"풉-!"

경쾌한 소리에 놀라 음료를 뿜었다.

고개를 돌린 찬열의 눈에 1루로 산책하듯 달려가는 오티즈가 보였다. 때마침 그와 눈이 마주쳤다.

오티즈가 오른손을 들어 엄지를 치켜들었다.

'약속 지켰다.'

그렇게 말하는 거 같았다. 찬열은 어이없다는 듯 웃음을 흘렸다. 이날 오티즈의 백투백홈런으로 경기는 레드삭스가 가져갔다.

* * *

경기가 끝난 뒤.

찬열은 프랑코나 감독과 면담을 가졌다.

방 안에는 두 사람만이 앉아 있는 게 아니었다.

수석 코치인 마누엘까지 세 사람이 앉아 있었다.

프랑코나 감독이 이야기를 꺼냈다.

"오늘 경기에서 자네가 수비들에게 오더를 내렸다지?"

"예."

불안했다.

　감독의 성향에 따라 꼬투리를 잡힐 수 있다. 하지만 프랑코나는 그런 옹졸한 사내가 아니었다.

　"잘했어! 덕분에 마누엘과 코치들이 다른 일에 더 신경을 쓸 수 있었어."

　일이 줄어든다는 건 효율이 좋아진다는 걸 의미한다. 실제로 찬열이 내야수들을 지휘하는 동안 코치들의 명령은 더 정교해졌다.

　"그런데 언제부터 수비 포메이션에 대해 관심을 가진

건가?"

"사실은 한국에 있을 때부터 간혹 하던 일입니다."

"그래? 그래서 그런 정교한 작전을 내릴 수 있었군. 아주 좋아! 앞으로도 실력을 백 퍼센트 발휘해 주게!"

"그 말씀은……?"

"자네가 원하면 언제든 수비 위치에 사인을 내려. 내야는 물론이거니와 외야까지 말이야."

"정말입니까?"

"원래 우리 세대에는 포수가 그 일을 맡았어. 하지만 지금은 그게 되지 않아. 포수가 워낙 힘든 포지션이다 보니 할 일을 줄여 준 거지."

덕분에 코치진에 할 일이 더 늘어났다.

수비 코치는 여러 작전을 구상해야 한다.

팀에 따라 다르기는 하지만 레드삭스의 경우 공격에서 상대 수비의 빈틈을 찾아 타격 코치에게 알려주는 것도 수비 코치가 할 일이었다.

만약 수비 때 포메이션의 명령을 전달하지 않으면 더 정교한 분석이 가능했다. 실제로 오늘 경기에서 그런 모습을 보여 주었고 말이다. 프랑코나 감독의 결정은 그런 점까지 고려한 결정이었다.

"물론 자네가 잘못 오더를 내리면 더그아웃 쪽에서 정정을 할 거야. 그러니 부담 갖지 말게. 또한 자네가 거절해도 상관

없어."

"아닙니다. 꼭 하겠습니다."

"그래, 그럼 그렇게 알고 내일부터 같이 호흡을 맞춰 보자고."

"예!"

인사를 한 찬열이 방을 나갔다.

둘만 남게 되자 마누엘이 말했다.

"오늘 경기를 지켜보니 옛날 생각이 나더군요."

"음, 나도 클럽 하우스에서 경기를 보고 있는데 정말 옛생각이 났어."

과거의 포수들은 또 한 명의 코치였다. 그라운드 위에서 선수들을 조율하고 격려하며 경기를 이끌었다. 하지만 현대에 들어 포수는 단순히 공을 받는 역할만 하게 됐다. 그것만으로도 힘든 일이지만 사령관으로서의 모습이 사라지는 게 아쉬운 사람들도 있었다. 바로 이 두 사람처럼 말이다.

"과연 저 친구가 사령관이 될 수 있을까요?"

"지켜봐야지. 아무나 될 수 있는 건 아니니까. 하지만 정은 언제나 우리의 예상을 깨지 않았나?"

그건 그랬다.

레드삭스가 찬열을 영입할 때 도박이라고 말하던 사람들도 있었다. 그러나 지금은? 그런 소리를 하는 사람은 단 한명도 없었다. 찬열은 위대한 메이저리그의 선수가 되었고 그의 실력을 의심할 수 없게 만들었다.

"분명 더 놀라운 모습을 보여 줄 거야."

프랑코나 감독의 입가에 미소가 그려졌다.

* * *

감독에게 직접적인 허락을 받았다.

찬열은 기뻤다.

팀의 리더가 자신을 인정해 주었기 때문이다.

'공부를 해야 돼.'

전력 분석 팀에게 받은 자료를 펼쳤다. 경기 전날, 찬열은 이 자료들을 분석해서 투수를 어떻게 리드를 할 건지 연구를 했다.

동시에 타격에 대한 방법도 같이 말이다.

이제부터는 한 가지를 더 추가해야 했다.

바로 수비들의 포메이션이다.

메이저리그 타자들도 사람이다 보니 좋아하는 코스와 싫어하는 코스가 나뉜다. 그런 정보들이 이 자료에는 빼곡하게 적혀 있었다. 찬열은 그런 정보들을 머리에 차분히 쌓아갔다.

경기를 한 덕분에 피곤할 만도 하건만 찬열은 감독이 자신을 인정해 주었다는 생각에 더욱 힘을 냈다.

'이 타자는 극단적으로 당겨 친다. 이번 시즌 83퍼센트가

당겨 친 타구들이야. 유격수를 조금 더 3루 쪽으로 당겨서 수비를 하게 하면 돼.'

찬열의 야구에 대한 열정은 식을 줄을 몰랐다.

* * *

아무리 뛰어난 장군이라도 군주가 무능하면 그 재능을 뽐낼 수 없다. 역사적으로 증명된 사실이다.

하지만 찬열은 인복이 있었다. 한국에 있을 때는 이동건의 전폭적인 지지를 받았다. 덕분에 빠르게 팀을 이끌 수 있었다. 그런데 미국에서도 프랑코나 감독의 지지를 받기 시작했다. 그렇지 않아도 날개를 달았던 찬열에게 이제는 로켓을 달아준 거나 마찬가지다.

[정찬열 선수, 오늘 경기는 대체적으로 사인이 깁니다.]

[그렇습니다.]

해설위원은 동의를 하면서도 유심히 화면을 살폈다.

뭔가 위화감을 느꼈기 때문이다.

'뭐지?'

더욱 집중해서 찬열의 사인을 지켜봤다. 첫 사인은 투수에게 내는 게 분명했다. 하지만 뒤의 사인은.

'아!'

그때가 되어서야 깨달았다. 그러나 아직 확실한 게 아니었다. 해설위원은 경기를 지켜봤다.

"흡―!"

[3구 던집니다!]

투수가 공을 던지는 순간. 2루수가 움직였다. 본래의 수비 위치에서 1루 쪽으로 붙고 있었다. 반면 1루수는 베이스의 뒤로 이동했다. 그때 타석에 있던 선수가 공을 당겨 때렸다.

좌타가 당겼으니 당연히 일이루간으로 공이 날아갔다. 원래라면 1루수가 처리해야 될 공이다. 처리하는 게 실패하면 외야로 빠져나갔어야 될 타구였다. 하지만 2루수가 발 빠르게 움직인 덕분에 그의 글러브에 들어갔다. 그사이 1루수가 베이스에 들어갔다.

퍽―!

"아웃!"

[아웃입니다! 어느새 1루 베이스 쪽에 붙어 있던 2루수가 잘 처리했습니다.]

아니다.

이건 2루수의 공로가 아니었다.

'모두 찬열의 손바닥 위에서 놀고 있었다.'

투수에게 몸 쪽 공을 요구한다.

그럼 타자는 무의식적으로 공을 당겨 쳐야 된다.

당겨 치는 건 히팅 포인트를 타자보다 앞에 두고 친다는 걸 의미한다. 몸 쪽 공을 공략하기 위해서는 당연히 히팅 포인트를 앞에 둬야 된다. 히팅 포인트가 뒤에 있다면 스위트 스폿이 아닌 손잡이 부근으로 타격을 해야 되기 때문이다.

찬열은 이런 걸 모두 계산하고 2루수를 1루 베이스 쪽으로 이동하게 만들었다. 분에 공을 쉽게 처리할 수 있었다.

'설마 내야 수비에 대한 권한을 찬열에게 준 건가?'

그렇게밖에 생각할 수 없었다.

오늘은 프랑코나 감독이 더그아웃을 지키고 있었다. 이런 상황에 찬열이 무턱대고 내야수를 움직일 수는 없었다.

'아니면 그저 우연일수도……'

바로 확정을 지을 수 없었다. 고작 한 번에 불과했으니까 말이다. 하지만 그런 생각은 경기를 유심히 지켜보면서 사라지고 말았다.

7회가 끝날 때까지 찬열은 수비들에게 사인을 주었다.

내야는 물론이거니와 외야까지 말이다. 수비의 위치와 다르게 타구가 날아가는 경우도 있었지만 약 70퍼센트는 수비의 위치와 비슷하게 타구가 날아갔다. 덕분에 수비들은 평소라면 잡을 수 없는 공들을 손쉽게 잡을 수 있었다.

'이건……'

눈으로 직접 보고 있어도 쉽게 믿을 수 없는 일이다.

한국인이 야구의 본고장 메이저리그에서 빅 리그 선수들을 손으로 직접 지휘를 하고 있다. 이 말을 해도 믿을 사람이 과연 몇 명이나 있을까?

'대단해……. 정말 대단해!'

대단한 건 단순히 포수로서의 능력만이 아니었다.

딱-!

[쳤습니다! 빠르게 날아가는 타구가 그대로 오른쪽 담장을…… 넘어갑니다!!!]

53번째 홈런.

그는 수비들을 움직이고 공을 받으면서 동시에 홈런까지 때려내고 있었다.

완벽한 포수.

그 단어가 해설위원의 머릿속을 맴돌았다.

* * *

8월 30일.

레드삭스의 타선이 살아나기 시작했다.

정확히 말하면 벨트레와 오티즈가 살아나면서 상대팀이 더 이상 찬열을 피할 수 없게 됐다는 것이다.

벨트레는 무려 40개의 홈런을 때려내며 찬열의 뒤를 이어 아메리칸리그 홈런 2위에 올랐다.

오티즈 역시 28개의 홈런을 때려내며 노익장을 과시하고 있었다. 거기에 부상으로 한동안 빠져 컨디션이 떨어졌던 유킬리스의 페이스가 돌아오기 시작했다. 점점 제 구실을 찾아가는 타선 덕분에 선발 투수가 무너지더라도 레드삭스는 경기를 뒤집는 경우도 늘어났다.

따악—!

[오티즈 쳤습니다! 3루의 유킬리스, 홈인! 2루의 벨트레 역시 3루를 돌아 홈으로 파고듭니다! 그사이 좌익수 공을 잡았습니다!]

벨트레까지는 무난하게 들어온다.

하지만 1루에 있던 찬열은 조금 애매했다.

[3루를 도는 정찬열 선수! 속도를 줄이지 않습니다! 전달된 공을 받은 유격수! 바로 홈으로 공을 뿌립니다!]

그 순간 찬열의 속도가 폭발했다.

타다다닥—!

땅을 박차는 발이 보이지 않을 지경이었다.

슬라이딩을 할 필요도 없었다.

퍽—!

공이 포수의 미트에 박혔을 때 이미 찬열은 어웨이 팀 더그아웃으로 달려가고 있었다.

[역전입니다! 싹쓸이 2루타를 기록하는 데이빗 오티즈! 역시 레드삭스의 주장답습니다!]

[정찬열 선수, 정말 빠릅니다. 너무 여유롭게 들어왔어요.]

[시즌이 후반으로 향하고 있지만 정찬열 선수의 체력은 떨어질 생각을 하지 않네요.]

[그러게 말입니다.]

최근 찬열은 자신의 체력에 놀라고 있었다.

한국에 있을 때도 120경기가 넘어가면 서서히 체력이 떨어지는 게 느껴졌다.

하지만 올해는 아니었다.

벌써 130경기였지만 체력이 부족하다는 생각이 들지 않았다.

'훈련이 효과가 있어.'

효과를 넘어 경이로울 정도였다.

[정찬열 선수, 오늘 경기로 59홈런을 때려냈습니다. 아쉽게도 60홈런을 채우지 못하고 9월로 넘어갈 듯 보입니다.]

앞으로 남은 경기는 30경기.

찬열은 70홈런까지 11개의 홈런을 남겨 두었다.

이제 사람들의 관심은 과연 그가 역사적인 대기록을 달성할 수 있을지에 몰렸다.

* * *

9월이 됐다.

레드삭스는 정규 시즌이 끝나는 10월 5일까지 32경기를 더 치르게 된다.

즉, 찬열이 70홈런을 기록하기 위해서는 3경기당 1개의 홈런을 때려내야 된다는 소리였다. 지금까지 찬열은 2.2경기에

1개의 홈런을 때려냈다. 산술적으로는 가능한 수치다.

하지만 찬열이 시즌 중반에 홈런 페이스가 떨어졌다는 걸 감안했을 때 어렵지 않겠냐는 의견도 나오기 시작했다. 많은 관심이 몰린 상황에서 레드삭스는 9월의 첫 경기를 펼쳤다.

VS 필라델피아 필리스(131경기)

[9월의 첫 경기도 어느덧 막바지로 향하고 있습니다. 오늘 기대를 모았던 정찬열 선수의 60홈런은 8회까지 터지지 않았는데요.]

[내셔널리그에도 정찬열 선수는 요주의 인물입니다. 승부가 조심스러울 수밖에 없죠.]

오늘 경기에 찬열은 3번 타석에 섰다. 그중에 2번을 볼넷으로 출루했다. 1번은 외야 뜬공으로 물러나야 했다.

아직 안타를 기록하지 못한 찬열은 8회 초, 타석에 들어섰다. 그의 눈은 차분하게 가라앉아 있었다. 안타를 기록하지 못했다고 해서 조급함을 느끼는 눈빛이 아니었다. 평소와 똑같이 평정심을 가진 채 타석에 섰다.

퍽-!

"볼!"

초구가 들어왔다.

바깥쪽 낮은 코스에 꽂히는 공이었다. 속을 수도 있는 코스다. 하지만 찬열은 꿈쩍도 하지 않았다. 공 반 개쯤 벗어났기 때문이다. 투수가 아쉽다는 듯 혀를 찼다.

[정찬열 선수, 특유의 침착함으로 유인구를 잘 참아내고 있습니다.]

[정말 대단한 선수예요. 이제 25살인데도 무척이나 침착합니다.]

회귀 전까지 합치면 찬열의 나이는 30대가 맞았다.

하지만 그러한 사실을 모르는 사람들은 찬열의 침착함에 놀라움을 금치 못했다. 사실 회귀 전 20대의 찬열은 그리 참을성이 많지 않았다. 자신의 생각과 다른 판정이 나오면 평정심이 깨지기 일쑤였다. 상대의 도발에 넘어가는 경우도 많았다. 그때의 경험이 있었기에 지금 평정심을 지닌 채 투수의 공을 지켜볼 수 있었다. 그리고 또 하나 얻은 게 있었다.

[상대 투수가 이렇게 도망 다니는 피칭을 할 때는 어떻게 해야 됩니까?]

[기회가 왔을 때 놓치면 안 됩니다. 간혹 어린 타자들은 분명 노리던 공이 왔는데도 스윙을 하지 못하는 경우가 있어요. 절대 그러면 안 됩……]

바로 기회를 놓치지 않는다는 것이었다.

일단 노리는 공이라는 판단이 서면 뒤를 보지 않았다.

지금처럼 말이다.

'포심.'

하이 포심 패스트볼이었다.

일부러 눈높이에 맞춰 공을 던져 헛스윙을 유도하는 것이다. 하지만 이는 양날의 검이었다.

눈높이에 딱 맞춰 공이 날아오면 타자의 배트는 반사적으로 나가게 된다. 특히 눈이 좋은 타자들이 더 잘 속았다. 그러나 투수들은 의외로 눈높이에 맞춰 공을 던지는 걸 어려워했다.

어릴 때부터 낮게 던지라는 주문을 받았기 때문이다. 무의식적으로 공을 낮게 던지려고 노력한다. 그 버릇이 남아 있어 높게 던지려고 해도 몸이 낮게 던지려 할 때가 있었다.

그러다 보니 어중간한 높이로 공이 날아오는 경우가 많다. 그리고 그런 높이로 날아오는 공은 타자의 좋은 먹잇감이 됐다.

딱―!

[쳤습니다! 중견수, 뒤로 물러납니다! 하지만…….]

[이건 넘어갔어요. 완벽하게 넘어갔습니다.]

[넘어갑니다!! 정찬열 선수! 메이저리그 진출 2년 만에 60호 홈런을 기록합니다!!]

* * *

60호 홈런.

2001년 배리본즈 이후 9년 만에 등장한 기록이다.

메이저리그가 발칵 뒤집혔다.

[대한민국에서 온 동양인 거포 찬열 정이 60번째 홈런을 기록했다.]

메이저리그 공식 홈페이지를 비롯하여, 모든 메이저 언론사에서 이 같은 사실을 대대적으로 알렸다.

ESPN은 물론이거니와 스포츠 관련 프로그램들에서는 하루 종일 찬열의 60번째 홈런을 축하했다.

누가 상상할 수 있었을까?

메이저리그 진출 2년 만에 60개의 홈런을 때려내는 선수가 나올 줄은 말이다.

하지만 찬열의 활약은 거기서 끝나지 않았다.

VS 토론토 블루제이스(134경기)

6회 말.

레드삭스의 수비였다.

찬열은 마운드에 올라온 두 번째 투수인 보든을 바라봤다.

그의 손가락이 빠르게 움직였다.

'바깥쪽 낮은 코스로 떨어지는 커브.'

초구부터 변화구를 요구했다. 이례적인 리드였다.

투수가 올라오면 가장 기본적인 포심을 던지게 해서 긴장을 풀게 해준다. 마운드에 적응할 수 있는 시간을 주는 것이다. 하지만 찬열은 보든을 믿었다.

그의 경험이라면 초구부터 변화구를 던지더라도 충분히 통할 것이라 생각했다. 보든이 고개를 끄덕였다.

그러자 찬열이 외야수들의 위치를 조절했다.

정확히 말하면 더그아웃 쪽에 사인을 준 것이다.

'전체적으로 우익수 쪽으로 이동.'

찬열이 외야수들의 수비 위치를 알리는 방법은 두 가지가 있었다.

하나는 일어나서 외야수들에게 직접적인 사인을 주는 것이다. 이건 투수에게 사인을 주기 전에 할 수 있는 방법이었다.

투수가 세트 포지션에 들어가면 타임을 걸기 전까지는 일어나서는 안 되니 말이다. 또 하나는 지금처럼 더그아웃에 사인을 주는 것이다. 이렇게 전달을 하면 수비 코치가 외야수들에게 전달을 하는 것이다.

외야수들이 조금씩 우익수 쪽으로 이동을 할 때.

보든이 공을 뿌렸다.

"흡-!"

팔을 돌리자 마치 공이 손에서 빠진 것처럼 큰 포물선을 그리며 날아왔다. 보든의 커브는 일명 12-6커브라 불리는 폭포수 커브였다. KBO의 전설적인 투수인 최동주 선수가 던지던 커브와 흡사했다. 설마 초구부터 커브가 올 줄은 몰랐는지 타자가 엉덩이가 빠지며 배트를 내밀었다.

딱-!

배트에 공이 맞기는 했지만 힘없이 날아갔다.

운이 좋아 라인 근처에서 떨어지고 있었지만 이미 우익수가 자리를 잡고 있었다.

퍽-!

"아웃!"

[우익수 여유롭게 뜬공을 처리합니다.]

[수비 위치가 좋았어요. 공이 다소 일찍 떨어졌는데도 여유롭게 처리할 수 있었습니다.]

[7회 초, 레드삭스의 공격은 벨트레 선수부터 시작됩니다.]

올 시즌을 끝으로 벨트레는 FA로 풀린다.

그래서인지 몰라도 올 시즌 그는 괴물 같은 활약을 이어가고 있었다. 특히 투수들이 찬열의 앞에 주자를 두지 않기 위해 그와 적극적으로 승부를 벌인 것도 올 시즌 활약의 요인 중 하나였다.

상대 투수들 입장에서는 죽을 맛이었다. 찬열의 앞에 주자를 두게 되면 대부분 점수로 이어진다. 그렇다고 벨트레와 승부를 하자니 그의 타격도 만만치 않았다.

그렇다고 두 사람을 모두 피해 버리면?

그 뒤에는 빅 파피 오티즈가 대기하고 있었다. 산 넘어 산이란 표현이 딱 어울리는 상황이었다.

"흡-!"

딱-!

벨트레의 배트가 무섭게 돌았다.

[중견수 앞에 떨어지는 안타! 정찬열 선수의 타석에 주자가 만들어집니다!]

찬열이 타석에 들어섰다. 경기장이 떠들썩해지기 시작했다. 홈구장인 펜 웨이 파크는 아니었지만 그의 인기는 이제 전국구였다.

"정! 정! 정! 정!"

열성적인 레드삭스 팬들이 토론토까지 원정 응원을 온 경우도 있었다. 하지만 그들보다 더 많은 숫자인 캐나다의 교민들이 토론토를 찾은 것이다. 그들의 입장에서는 찬열이 매우 고마웠다.

외국에서 외로움에 떨고 있을 때 찬열의 열정적인 활약에 힘을 얻을 수 있었다. 또한 찬열에 대한 관심이 높아지면서 덩달아 한국에 대한 인식도 변하고 있었다. 사실 세계적으로 코리아라고 하면 사우스 코리아가 아니라 노스 코리아를 떠올렸다.

하지만 야구를 좋아하는 사람들에게 이제 코리아라고 하면 노스가 아닌 사우스 코리아를 떠올렸다. 찬열이 한국에 대한 인식을 바꾸고 있었다. 그리고 찬열은 경기장을 찾은 수많은 교민이 지켜보는 가운데, 배트를 돌렸다.

딱ㅡ!

[아아아!! 넘어갔어요! 61번째 홈런이 터집니다!!]

* * *

경기는 레드삭스의 승리로 돌아갔다.

숙소에 돌아왔던 찬열은 김영재의 연락을 받고 호텔을 나섰다. 도로에 나오자 차 앞에서 기다리던 김영재를 발견했다.

"형님."

"피곤할 텐데 불러서 미안하다."

"괜찮습니다. 그런데 이 시간에 웬일이세요? 저녁도 먹지 말라 하시고."

"일단 타라. 가면서 이야기할게."

김영재의 말에 찬열이 조수석에 탔다.

안전벨트를 매자 김영재가 곧 차를 출발시켰다.

"캐나다에 교민들이 많은 거 알고 있지?"

"네, 그렇지 않아도 오늘 경기장에 한글로 된 피켓이 많이 보이던데요? 한국어로 응원해 주는 분들도 많았고요."

"경기 중에 그런 게 눈에 보이던?"

"제가 원래 좀 시야가 넓잖아요."

김영재가 고개를 저었다.

그런 의미가 아니다.

찬열의 또래 선수들은 경기에 나서면 대부분 긴장해서 시야가 좁아진다. 긴장감이란 게 원래 그런 거다.

매일같이 수많은 사람 앞에서 경기를 하더라도 수만 명이 지켜보는 와중에 긴장을 하지 않을 순 없었다. 그런데 찬열은 마치 긴장을 하지 않는 거 같았다.

"그런데 갑자기 교민분들 이야기는 왜요?"

"토론토에 아는 형님이 식당을 하고 계신다. 이번에 너한테 음식을 좀 해주고 싶다고 하셔서 말이야."

"음식이요?"

"응, 저번에 삼계탕 먹고 싶다고 했잖아."

"우와, 그걸 다 기억하시네요?"

지나가는 소리로 푸념하듯 말했던 것이다.

용케도 그걸 기억하고 있는 김영재였다.

"저기다."

차로 한 5분쯤 이동하자 한식당이 보였다. 불이 켜져 있기는 했지만 문에는 클로즈가 걸려 있었다. 하지만 김영재는 거침없이 문을 열고 들어갔다.

찬열도 뒤를 따라 들어갔다.

"형님-!"

"오~ 영재야!"

한 남자가 나오며 김영재를 반겼다.

흰머리가 희끗한 중년 남자는 김영재에게 다가가다 찬열을 발견하고는 그를 쌩하니 지나쳤다.

"아이고! 정찬열 선수! 이렇게 와주셔서 고마워요!"

"아닙니다. 맛있는 걸 주신다고 하셔서 염치없이 따라왔습니다."

"염치가 없다뇨? 내 소원이 정찬열 선수한테 따뜻한 식사 한 번 대접하는 거였습니다. 자자, 이리 오시죠."

귀빈을 모시듯 중년 남자가 찬열의 손을 꽉 잡고는 방으로 안내했다. 그 모습을 바라보던 김영재가 허탈한 웃음을 흘렸다.

"와…… 20년 동생을 이렇게 버리다니……."

하지만 나쁜 기분은 아니었다.

김영재는 두 사람을 따라 방으로 들어갔다.

거기에는 커다란 상 위에 진수성찬이 차려져 있는 게 보였다. 하나같이 한식이었다.

된장찌개, 김치찌개부터 시작해서 산적, 떡갈비, 삼겹살, 한우, 삼계탕 등등. 보양식부터 평범한 반찬들까지 모두 차려져 있었다.

"헐……. 이걸 어떻게 다 먹으라고 이렇게 많이 차렸어요?"

김영재가 물었다.

식당의 사장인 황영철이 고개를 저었다.

"남겨도 괜찮다. 그저 우리 정찬열 선수 입맛에 맞기만 하면 만족해. 자자, 음식 식겠습니다. 빨리 앉아서 식사하시죠."

"예."

놀랐던 찬열도 자리에 앉았다.

음식들이 눈앞에 있자 군침이 돌기 시작했다. 경기가 끝나

고 제대로 된 식사를 하지 못한 찬열이었다. 배에서 천둥번
개가 치고 있었다.

"그럼 잘 먹겠습니다."

"어서 먹어요."

허락이 떨어지자 찬열의 숟가락과 젓가락이 빠르게 움직
였다. 수많은 음식이 빠르게 사라지기 시작했다. 그 모습을
보던 김영재도 자리를 잡고 음식을 흡입하기 시작했다.

오랜만에 먹는 한식에 두 사람은 걸신들린 것처럼 식사를
했다. 폭풍 같은 식사가 끝나고 찬열은 터질 것 같은 배를 손
으로 툭툭 쳤다.

"후아……. 잘 먹었다."

"음식은 입에 맞았습니까?"

황영철의 물음에 고개를 끄덕였다.

"예, 정말 맛있었습니다."

"다행이군요."

그 뒤로 이런저런 이야기를 나누었다.

타지에서 지내는 사람들의 힘든 점이나 야구에 관한 이야
기들이었다.

"우리 아들놈도 야구를 무척 좋아해요. 캐나다에 오기 전
까지만 해도 초등학교에서 야구를 했었어요."

"그래요?"

"예, 내 아들이라서가 아니라 재능도 있었습니다. 투수와

4번 타자를 같이 했으니까요."

"오, 대단하네요."

리틀 야구에서 고교 야구까지는 대부분 타고난 재능이 실력을 결정한다.

그러다 보니 운동 신경이 좋은 선수가 에이스와 4번 타자를 병행하는 경우가 많았다.

"하지만 부모 된 입장에서는 꽤 힘들더군요. 그놈의 학연이니 지연부터 해서 찬조금 명목으로 한 달에 들어가는 돈이 백만 원이 넘었어요."

"음……."

찬열도 익히 알고 있는 일이었다.

야구부의 숫자는 적었고 선수를 꿈꾸는 아이들은 많았다.

그 과정에서 각종 비리가 난무했다. 심각한 문제였지만 그들만의 일이었기에 덮어지는 경우가 대부분이었다.

"하하! 이거 괜한 소리로 분위기가 어두워졌군요. 참, 아들놈이 찬열 씨 사인을 꼭 좀 받아달라고 했는데. 사인 하나만 부탁해도 되겠습니까?"

"물론입니다."

찬열이 웃으며 승낙을 했다.

그러자 황영철이 잠깐만 기다리라며 카운터로 달려갔다.

그 모습을 보던 찬열이 김영재에게 말했다.

"형님, 내일 구단에 이야기해서 티켓을 구해둘 테니, 황

사장님이랑 자제분이 같이 와서 경기를 관람할 수 있게 해주세요."

"그렇게 할래?"

"예."

찬열의 제안이 마음에 들었는지 김영재의 얼굴에 미소가 그려졌다. 그 모습을 보던 찬열도 웃었다.

'리틀 야구……'

하지만 마음은 불편했다.

야구인의 한 사람으로서 책임감을 느꼈기 때문이다.

'당장 할 수 있는 건 없다. 하지만……'

그의 마음속에 작은 꿈이 싹트기 시작했다.

* * *

VS 토론토 블루제이스 (135경기)

[4회 초, 3번째 타자로 정찬열 선수가 타석에 들어섭니다. 첫 번째 타석에서는 볼넷으로 출루를 했었습니다.]

[시즌 61번째 홈런을 기록 중인 정찬열 선수, 9개만 9개만 더하면 70홈런이라는 대기록을 달성하게 됩니다.]

모든 사람의 관심이 몰렸다.

찬열은 숨을 몰아쉬며 호흡을 정돈했다.

[주자 1, 3루 상황. 유인구 승부가 많을 것으로 보입니다.]

[초구 던집니다.]

"흡-!"

쐐액-!

해설위원의 예상대로였다.

초구부터 변화구가 들어왔다.

[포크볼이 잘 떨어졌습니다. 하지만 정찬열 선수를 속이기에는 부족했네요.]

찬열은 미동도 하지 않았다. 체력에 여유가 있으면서 선구 안에도 문제가 없었다. 투수가 2구를 뿌렸다. 이번에는 포심 패스트볼이다. 바깥쪽으로 흘러나가는 공이었다. 찬열이 스윙의 시동을 걸었다.

후웅-!

바람을 가르는 소리와 함께 배트가 돌아갔다.

따악-!

[쳤습니다!!]

"오오오!"

황영철이 자리에서 벌떡 일어났다.

그의 옆에 앉아 있는 아들 역시 마찬가지였다.

아들은 멀리 날아가는 타구를 바라보며 눈을 빛냈다.

"넘어갔다!!"

"와아아아!"

타구가 넘어간 것을 확인한 관중들이 일제히 환호를 질렀다. 귀가 먹먹할 정도로 커다란 함성 소리였다. 옆에서 아버지가 뭐라 소리를 지르고 있지만 묻힐 정도로 컸다.

　'대단해……..'

　이런 함성을 받으며 유유히 그라운드를 도는 찬열의 모습이 정말 멋지다는 생각이 들었다.

　'나도 저렇게 되고 싶다……..'

　소년은 찬열의 모습을 보며 작은 꿈을 가졌다.

　포기했던 꿈을 말이다.

3장
80개의 홈런

열흘이 지났다.

찬열은 어느덧 67개의 홈런을 기록 중이었다.

수많은 언론 매체에서는 더 이상 70홈런에 대한 의구심을 표하지 않았다.

70홈런은 반드시 만들어진다.

단지 그게 언제이고 과연 어떤 팀이 희생양이 될 것인지에 관심이 몰렸다. 언론들은 매일같이 찬열의 활약을 발 빠르게 보도했다. 다른 언론사보다 한발이라도 빠르게 알리기 위해 발 벗고 뛰었다.

그들만큼이나 바쁜 사람이 또 한 명 있었다.

바로 로버트 세로니와 김영재였다.

시즌이 끝나감에 따라 로버트는 각 구단의 단장급 인물들과 매일같이 미팅을 가졌다. 김영재는 그런 로버트의 곁을 그림자처럼 붙어 다니며 그의 노하우를 배우기 위해 노력했다.

'이 사람은 템퍼링이라는 규정을 교묘하게 피하는군.'

고위 관계자와 만나는 건 언제나 우연을 가장한다.

우연찮게 같은 레스토랑에서 식사를 하거나 호텔, 카페 등에서 마주친다.

또한 항상 독립된 룸에서 대화를 이어갔다.

그 안에서 무슨 이야기가 오가는지 알 수 있는 사람은 없었다. 그런 식으로 로버트는 규정을 피해 갔다.

'이것도 이 남자만이 할 수 있는 일이지.'

로버트의 고객은 하나같이 거물급 인물들이다.

또한 메이저리그에만 국한되어 있지 않았다.

NBA, MLS, NFL 등 각종 인기 스포츠의 거물 선수들을 고객으로 두고 있었다. 메이저리그 구단주들은 대부분 한 가지 이상의 스포츠 팀을 보유하고 있다. 그러다 보니 로버트와 척을 지고 싶지 않아 했다.

만약 로버트가 그런 고객들을 보유하고 있지 않았다면 계약이 틀어진 팀에서 분명 사무국에 알렸을 것이다. 자신들도 피해를 보겠지만 로버트는 아예 업계에서 추방이 될 테니 말이다.

그 외에도 많은 것을 배울 수 있었다.

특히 언변술에서 많은 걸 깨우쳤다.

그렇게 많은 자리를 지켜봐 온 김영재는 펜 웨이 파크를 방문했다. 최근 들어 벌써 세 번째 방문이었다.

"존이 요즘 몸이 달아오른 거 같군. 매일같이 전화를 해대고 말이야."

로버트가 장난 섞인 목소리로 말했다. 하지만 농담이 아님을 누구보다 김영재가 잘 알고 있었다. 레드삭스의 단장 존미구엘은 최근 찬열의 재계약에 열을 올리고 있었다.

조건도 나쁜 편이 아니었다. 하지만 로버트의 성에는 차지 않은 듯했다. 사무실에 도착하자 존이 마중 나와 있었다.

"어서 오세요."

존이 먼저 손을 내밀었다.

로버트, 김영재와 번갈아 가며 손을 마주 잡았다.

사무실로 들어가 소파에 앉자 비서가 음료를 가지고 들어왔다. 몇 번이나 방문했으니 취향을 기억하고 있었다.

비서가 나가며 문을 닫자 존이 입을 열었다.

"리키와 이야기를 나누었습니다."

존의 입에서 언급된 리키는 레드삭스 구단의 주인이었다.

"연봉으로 2,500만 달러까지 보장하기로 했습니다. 계약기간은 8년으로 잡고요."

보장만으로도 2억 달러 규모의 계약이다.

인센티브를 포함하게 되면 계약 규모는 더욱 커질 수 있다.

한화로 따지면 2,400억에 달하는 거액이다.

'구단을 운영할 수도 있겠군.'

KBO 구단의 운영비는 1년에 250억 정도다.

여기에는 선수의 연봉부터 기타 부대비용까지 모두 포함되어 있다. 즉, 10년 동안 구단을 운영할 수 있는 돈이란 소리였다. 하지만 로버트는 완강했다.

"죄송하지만 앞서 말했듯이 3천만 달러가 마지노선입니다. 그 이상을 지불하겠다는 구단도 있었어요."

"그 구단이 어딥니까? 설마 양키스는 아니겠죠?"

존의 목소리가 조금 높아졌다.

사실 그는 로버트가 오늘 뉴욕 JFK 공항에서 출발하는 비행기를 타고 보스턴에 온 것을 알고 있었다. 그래서 바로 양키스라는 이름이 튀어나온 것이다. 하지만 로버트는 여유로운 표정으로 음료를 한 모금 들이켰다. 그 모습을 바라보는 김영재는 속으로 놀라고 있었다.

'이걸 노린 건가?'

로버트의 사무실은 LA에 있었다.

그는 오늘 약속을 위해 LA에서 뉴욕으로 갔다가 뉴욕에서 다시 보스턴으로 건너왔다. 그 일정에 모두 동석했던 김영재는 왜 이러는지 이해하지 못했다.

그런데 방금 전 존의 발언으로 알 수 있었다.

'존이 행적을 추적할 걸 예상해서 LA에서는 추적이 되지 않는 전용기를 타고 JFK 공항까지 이동했다. 그리고 거기서는 민간기를 타고 보스턴으로 온 것이고.'

정말 치밀한 인간이었다.

레드삭스와 양키스의 관계를 이용한 것이다.

잔을 내려놓은 로버트가 단호하게 이야기했다.

"정의 미래를 그런 헐값에 넘길 순 없습니다. 그는 HOF가 확정적인 선수예요. 그런 선수를 원하면 충분한 대가를 지불해야 됩니다."

Hall of Fame.

메이저리그 역사 속에서 특정 조건을 만족시킨 선수만이 입성할 수 있는 협회다. 이곳에 입성한다는 건 대단히 영예로운 일이다. 이제 2년 차인 찬열에게 HOF를 언급한다는 건 시기상조적인 부분이 있다. 그만큼 그의 성적을 부각시키기 위한 언급이었다.

토마스는 그때부터 대화의 흐름을 자신의 쪽으로 가져왔다. 존은 시종일관 끌려 다니기만 했다. 결국 이날도 결론을 내지 못한 채 협상은 중단됐다.

그사이 찬열은 68번째 홈런을 때려내며 70홈런까지 단 2개의 홈런만을 남겨두게 되었다. 그리고 레드삭스의 전용기는 뉴욕으로 향했다.

* * *

보스턴 레드삭스는 아메리칸리그 동부 지구에 속해 있다.

현재 레드삭스의 순위는 1위.

2위는 뉴욕 양키스였다.

시즌 마지막 시리즈인 두 팀의 대결은 많은 관심을 모았다. 메이저리그 역사상 최악의 라이벌 관계라 일컬어지는 레드삭스와 양키스의 대결이란 점은 둘째였다.

가장 많은 관심을 모으는 건 찬열의 70홈런 달성이었다.

만약 양키스를 상대로 기록을 달성하면 무척이나 양키스의 입장에서는 치욕일 수밖에 없었다. 또한 이번 3연전에서 만약 레드삭스가 2승을 챙기면 1위를 확정짓게 된다.

여러 요인이 모여 관심이 큰 경기에서 찬열은 선발로 마스크를 쓰고 캐처 박스에 앉았다.

VS 뉴욕 양키스 (147경기)

7회까지 두 팀은 무실점 경기를 펼쳤다.

완벽한 투수전.

양키스의 에이스 CC사바시아, 레드삭스의 신성, 클레이 벅홀츠의 완벽투 대결이 이어졌다.

찬열 역시 사바시아의 체인지업에 속수무책으로 당했다.

'컨디션이 좋다 보니 공이 춤을 추는 거 같아.'

타석에 선 찬열이 사바시아를 노려봤다. 최근 컨디션이 좋은 그다. 공의 변화가 심해 집중력이 좋은 찬열도 맞추기 어려웠다.

'욕심을 버리자.'

투수의 컨디션이 좋을 때는 욕심을 부려선 안 된다. 찬열은 최대한 마음을 비우려 노력했다. 그리고 다시 타석에 섰다.

[오늘 경기에서 아직 안타가 없는 정찬열 선수, 이런 경기는 오랜만이네요.]

[그러게 말입니다. 최근 들어 홈런을 자주 때려 이런 모습에 적응이 잘 되지 않네요.]

1구.

사바시아가 공을 뿌렸다.

포심 패스트볼의 회전이었다.

"흡–!"

배트를 돌렸다.

큰 것을 노린다기보다는 맞춘다는 느낌의 스윙이었다.

하지만.

후웅–!

펑–!

"스트라이크!"

배트가 허공을 갈랐다.

'아직 공에 힘이 남아 있는데…….'

포심 패스트볼의 직선처럼 날아오는 것처럼 보이지만 떨어진다. 그 폭이 다른 공에 비해 적을 뿐이다. 이 변화는 투수에 따라 매우 달랐다. 그리고 체력이 남아 있는지 아닌지에 따라서도 공의 낙차가 달라졌다. 방금 전 사바시아의 공에는 여전히 힘이 남아 있었다.

'조금 더 위로 돌려야겠어.'

생각을 정리하고 타석에 섰다.

사바시아가 연달아 3개의 공을 더 뿌렸다.

2구.

퍽―!

"볼!"

3구.

떨어지는 체인지업.

딱―!

"파울!"

[3루 라인을 벗어나는 파울입니다!]

4구.

"볼!"

[변화구를 잘 참아내는 정찬열 선수! 볼카운트는 투볼 투스트라이크가 되었습니다!]

찬열의 머리가 빠르게 회전했다.

'오늘 사바시아의 포심이 좋다. 체력도 남아 있어. 포심으로 카운트를 잡을 거다.'

자신이 포수가 되어 사바시아를 리드해 봤다.

가상의 시뮬레이션 결과가 나왔다.

다시 타석에 선 찬열이 타격 자세를 취했다.

[사바시아, 5구 던집니다!]

"흡―!"

공이 사바시아의 손을 떠났다.

동시에 찬열이 스타트를 걸었다.

'조금 더 위로!'

그가 노리는 건 하나.

포심 패스트볼이었다.

스윙의 궤적과 공의 궤적이 만나는 것 같았다.

찬열의 스윙에는 망설임이 없었다.

하지만.

'멈췄다?!'

공이 오다가 갑자기 멈췄다. 마치 사바시아가 실로 공을 잡아당긴 것만 같았다. 그렇지만 찬열은 멈출 수 없었다.

결국.

후웅―!

배트가 허공을 갈랐다.

퍽―!

뒤이어 공이 미트에 들어갔다.

"스트라이크! 아웃!"

[아~! 헛스윙 삼진을 당하는 정찬열 선수, 아쉽습니다.]

기회를 놓치는 정찬열이었다.

'분명 포심이었는데…….'

찬열은 스스로의 선택에 자책을 하며 고개를 떨어뜨리고 더그아웃으로 돌아갔다. 이날, 찬열은 단 한 번도 1루 베이스를 밟지 못했다. 그리고 레드삭스는 양키스에 경기를 내주었다.

안타를 치지 못한 경기는 간혹 있었다. 그래도 출루를 못한 경기는 많지 않았다. 선구안이 좋아 유인구에 잘 속지 않기 때문이다. 그런데 1루 베이스를 단 한 번도 밟지 못했다.

'회전을 제대로 봤다고 생각했는데.'

찬열이 스윙을 할 때 가장 중점적으로 보는 건 공의 회전 방향이었다. 컨디션이 좋을 때는 공을 놓는 순간 회전이 보였다. 이번 시즌의 대부분이 페이스가 좋았다. 성적이 좋은 이유였다. 그런데 오늘은 조금 달랐다.

'이런 날도 있는 걸까.'

매번 좋을 수는 없었다.

고민이 깊으면 오히려 독이 될 수도 있다. 그것을 알기에 찬열은 애써 기억을 떨쳐 내려 애썼다. 사실 평소라면 이렇게까지 고민하지 않았을 것이다. 하지만 지금은 평소가 아니었다.

70홈런이 코앞이다.

아무리 멘탈이 강한 찬열이라도 떨리고 긴장이 될 수밖에 없었다. 이런 시즌은 인생에 한 번밖에 없을 수도 있다. 실제로 70홈런을 기록했던 마크 맥과이어와 배리 본즈 역시 한 번씩만 기록했다. 이후 시즌에는 이런 도전을 할 기회가 오지 않을 수도 있다.

그런 생각이 들자 초조해졌다.

버스에 올라 호텔에 가는 와중에도 오늘 경기가 머리에서 떠나지 않았다. 호텔에 도착해 샤워를 하고 식사를 했다.

하지만 입맛이 없었다. 고작 스프나 몇 스푼 뜨다가 자리에서 일어났다.

"헤이, 정! 그거만 먹어도 괜찮아?"

"응, 먼저 일어날게."

오티즈가 걱정 어린 목소리로 물었다. 평소라면 농담이라도 해서 분위기를 환기시키려 했을 거다. 하지만 오늘은 그럴 기분이 아니었다. 걱정하는 동료들을 뒤로하고 식당을 나섰다. 로비로 나온 그는 엘리베이터를 기다렸다.

그때 익숙한 목소리가 들려왔다.

"찬열~"

고개를 돌리니 환한 미소를 지으며 안젤라가 달려왔다.

양손에는 짐이 한가득이다.

"안젤라, 여긴 웬일이야?"

"웬일은! 찬열 보러 왔지!"

이곳은 뉴욕이다.

안젤라의 집과 직장이 있는 곳이다. 오는 건 문제가 아니다. 찬열이 걱정하는 건 그녀가 양키스 담당 기자라는 점이었다. 안젤라도 그것을 눈치채고 웃으며 말했다.

"괜찮아. 나 당분간 휴가야."

"휴가?"

"응, 그것보다 찬열은 왜 이렇게 기운이 없어?"

"아무것도 아니야. 여기서 이럴 게 아니라 올라가자."

"응!"

휴식을 방해받았다는 생각이 조금 들었다.

하지만 여기까지 온 안젤라를 내칠 수도 없었다. 두 사람은 엘리베이터에 같이 몸을 실었다. 안젤라는 뭐가 그리 좋은지 이야기를 계속 이어갔다. 미소를 잃지 않는 그녀의 모습은 여느 때와 같았다.

"여기야."

엘리베이터에서 내려 복도를 걸었다.

곧 객실 앞에 도착했다.

찬열이 머물고 있는 호텔은 레지던스 형태의 객실이었다.

가족 단위의 여행객이 머물러도 될 정도로 넓은 방이다.

무엇보다 전망이 좋았다.

뉴욕 시내가 한눈에 내려다보였다.

"와아! 역시 레드삭스의 4번 타자! 대단해."

그녀가 통유리 앞에 가서 전망을 내려다봤다.

뒤에서 바라보던 찬열은 문득 코를 찌르는 음식 냄새에 고개를 갸웃했다.

'엘리베이터에서 날 때는 누가 음식을 사가지고 간 줄 알았는데. 왜 방에서까지……'

게다가 익숙한 냄새였다. 찬열은 냄새의 진원지를 찾았다. 사실 찾을 필요도 없었다. 바로 옆에 있었기 때문이다.

'쇼핑백?'

안젤라가 들고 왔던 것이다.

쇼핑백에 관심을 보이려는 찰나.

"냄새 좋지?"

언제 다가왔는지 안젤라가 물었다.

초롱초롱 빛나고 있는 눈을 보고 있자니 그렇다라고 대답할 수밖에 없었다.

"응, 이게 다 뭐야?"

"잠깐만 저기 가서 앉아 있어봐!"

"응? 왜?"

"아이, 그런 게 있으니까! 내가 나오라고 할 때까지 나오면 안 돼. 알았지?"

그녀의 고집에 찬열이 방에 들어갔다.

'뭐지?'

깜짝 이벤트라는 건 알 수 있었다. 궁금한 건 쇼핑백 안의 음식이 무엇이냐는 것이었다. 익숙한 냄새였지만 그게 안젤라와 매치를 시키자니 되지 않았다.

'분주하네.'

밖에서 들려오는 소리만으로도 알 수 있었다.

바쁘게 움직인다는 걸 말이다.

"찬열~ 이제 나와도 돼!"

20분쯤 지났을까?

안젤라가 부르는 소리에 한달음에 밖으로 나갔다.

거실로 나간 찬열의 얼굴에 놀란 빛이 나타났다. 거실의 테이블 위에는 삼계탕이 놓여 있었다. 그것도 꽤 그럴 듯한 모양새였다. 인삼으로 보이는 뿌리도 들어가 있었다.

찬열의 시선이 주방으로 향했다. 거기에는 안젤라가 요리를 한 흔적들이 널브러져 있었다.

포장해 온 게 아니다.

'그 냄새는 육수였나?'

국물이 뽀얀 것이 그냥 닭을 넣고 삶은 게 아니었다.

"어서 앉아! 식겠다!"

"어, 응."

아직 얼떨떨했다.

하지만 저렇게 눈을 빛내니 일단은 맛있게 먹는 게 우선이었다.

"처음 해본 거라서 맛은 장담 못 해……."

막상 찬열이 삼계탕을 앞에 두자 모기 소리만큼 작은 소리로 말하는 그녀였다. 금발의 백인 미녀가 삼계탕을 했다는 게 아직도 믿기지 않았다. 그것도 요리사가 직업이 아닌 저널리스트가 말이다.

"잘 먹을게!"

찬열이 진심을 담아 말했다.

그리고 숟가락을 들어 국물을 떠서 입에 가져갔다.

구수한 냄새가 먼저 코를 찔렀다. 뒤이어 깔끔하면서도 시원한 국물 맛이 느껴졌다.

"오!"

감탄이 절로 나왔다. 간도 적절하게 되어 있었다.

한국이라면 소금을 따로 줬을 테지만 상관없었다. 입맛에 딱 맞았으니까. 캐나다에서 먹었던 한식도 맛이 좋았다.

하지만 부족함이 있었다. 그런데 이건 자신의 입맛에 맞춘 듯했다. 찬열은 삼계탕의 다리를 찢어 바로 입에 가져갔다.

그때부터 폭풍 식사가 시작됐다. 순식간에 닭 한 마리가 해체됐다. 뒤이어 국물에 밥을 말아 먹었다.

어디서 가져왔는지 그녀가 깍두기를 옆에 내왔다. 한국의 김치와 조금 다르긴 했지만 시원한 맛이 일품이었다.

"후아―!"

그릇을 들고 국물까지 비운 찬열이 깊게 숨을 내쉬었다. 정말 숨도 쉬지 않고 먹었다. 그만큼 입에 잘 맞았다.

"괜찮았어?"

그녀의 질문에 고개를 끄덕였다.

"응! 정말 맛있었어. 그런데 어떻게 된 거야? 원래 삼계탕할 줄 알았어?"

"헤헤, 맛있었다니 다행이다. 사실 오늘 처음 해본 거야. 그래서 많이 떨렸어. 맛이 없으면 어쩌나 하고⋯⋯."

"처음 한 게 이 정도야? 이건 마치⋯⋯."

어머니가 해준 거 같았다.

그러고 보니 맛이 어딘가 익숙했다.

'어머니한테 전화를 한 건가?'

그럴 수도 있다.

두 사람이 친하게 지냈으니 연락처를 주고받았을 수도 있다. 그런데 왜 삼계탕이었을까?

그때 안젤라가 말했다.

"찬열! 삼계탕을 먹으면 힘이 난다고 들었는데 어때? 이제 힘이 나?!"

그녀의 말에 찬열은 어째서 삼계탕을 만들었는지 알 수 있었다. 시즌 후반에 접어들면서 체력이 떨어지는 걸 염려했을 것이다. 그녀는 오랜 시간 야구를 지켜봐 왔으니까 말이다. 그래서 삼계탕을 배웠으리라.

자신에게 만들어주기 위해서. 그런 그녀가 고마웠다.

"안젤라."

찬열이 자리에서 일어나 그녀를 껴안았다.

갑작스런 찬열의 행동에 안젤라의 눈이 동그랗게 커졌다.

하지만 이내 손을 뻗어 찬열의 허리를 잡았다.

"고마워. 정말 잘 먹었어. 이제 힘이 나는 거 같아."

"정말?"

"응."

"다행이다."

근심이 새겨져 있던 그녀의 표정이 평온해졌다.

그때였다.

딩동–!

객실에 초인종 소리가 울렸다.

"누구지?"

이 시간에 찾아올 사람이 있었던가?

찬열이 문을 열었다.

의외의 인물이 문 앞에 서 있었다.

"오티즈, 웬일이야?"

"내가 방해한 건 아니지?"

오티즈가 뒤에 있는 안젤라를 보며 물었다.

"아니, 괜찮아."

"다름이 아니라. 네가 로비에서 웬 여자와 같이 올라간다고 하기에 이거 전해 주러 왔어."

오티즈가 손을 내밀었다. 그리고 반대 손으로 찬열의 손목을 잡더니 그의 손에 무언가를 올려놓았다.

그것을 본 찬열의 얼굴이 굳었다.

"피임은 꼭 해야 되는 거야."

"오티즈!"

"푸하하하! 내일 경기도 있으니 너무 무리 하지 말라고!"

도망치듯 사라지는 오티즈를 원망 어린 눈빛으로 바라보던 찬열이 고개를 저었다.

그러면서 자신의 손에 놓인 물건을 바라봤다. 그건 다름 아닌 콘돔이었다. 평소 장난이 심한 오티즈임을 알기에 진심이 아닌 걸 알고 있었다.

그때 안젤라가 고개를 쏙 내밀었다.

"찬열, 무슨 일이야?"

"으어억! 아…… 아무것도 아니야!"

찬열은 급하게 콘돔을 숨겨야 했다.

미국에서야 일상화되어 있는 물건이지만 한국인인 찬열의 입장에서는 여전히 적응이 되지 않는 문화였다.

그때 찬열은 안젤라가 백을 들고 있는 걸 발견했다.

"갈려고?"

"응, 내일 경기 있잖아? 쉬어야 되는데 시간을 더 뺏을 순 없지!"

"데려다 줄…… ."

"아냐! 괜찮아. 그냥 푹 쉬어!"

뭐라 이야기를 하려는 순간.

안젤라가 입을 맞춰 왔다. 순간 입냄새가 나지 않을까 걱정이 됐다. 하지만 안젤라의 적극적인 키스에 찬열도 곧 그녀의 몸을 감쌌다.

서로의 호흡을 느끼고 숨이 오가는 진한 시간이 지나갔다.

떨어진 두 사람이 서로를 바라봤다. 더 원하는 게 있다는 걸 두 사람 모두 알고 있었다.

"안젤……."

찬열이 다가가려고 할 때.

안젤라가 웃으며 고개를 저었다.

"내일 경기를 해야 되니까 오늘은 여기까지!"

그녀가 단호하게 말했다.

"내일 경기 잘해야 돼!"

"응."

쪽-!

그녀가 가볍게 다시 한 번 입을 맞췄다. 그리고 몸을 돌린 순간, 다시 고개를 돌려 찬열을 노려봤다.

"주머니에 있는 거 다른 여자한테 쓰면 죽어!"

그녀의 살벌한 말에 찬열의 얼굴이 굳었다.

벌써 봤구나.

그녀가 피식 웃으며 멀어져 갔다. 완전히 모습이 사라지자 찬열도 객실로 들어갔다. 찬열은 그녀가 남기고 간 흔적을 바라봤다.

'그러고 보니 어느새 걱정이 사라졌네.'

불과 몇십 분 전까지만 하더라도 큰 압박감을 느끼고 있던 자신이었다.

그런데 지금은 전혀 아니었다.

"고마워, 안젤라."

찬열이 창밖을 바라보며 말했다.

고민이 많던 그의 표정은 원래대로 돌아와 있었다.

* * *

퍽-!

"스트라이크! 아웃!"

[세 번째 타자를 삼진으로 돌려세우는 존 레스터! 4회 말을 잘 막아냅니다! 5회 초 레드삭스의 공격은 정찬열 선수가 선두 타자로 나옵니다!]

[2회 초, 첫 타석에서 기분 좋게 솔로 홈런을 기록했던 정찬열 선수인데요. 이제 1개의 홈런만 기록하면 70홈런에 도달하게 됩니다.]

더그아웃에 돌아온 찬열이 보호 장구를 벗었다.

지명 타자인 오티즈가 그를 도와주었다.

"어제 좋은 밤 보냈어?"

"그런 거 아니거든?!"

찬열이 발끈해서 말하자 오티즈가 웃음을 터뜨렸다.

"크흐흐! 하여간 놀리는 맛이 있다니까."

"에효, 그런 장난 좀 하지 마."

툭-!

오티즈가 그의 프로텍터를 풀어주며 등을 툭 쳤다.

"너무 부담가지지마. 기록 달성에 목매달지도 말고. 그저 흘러가는 대로 해."

진지한 목소리로 말하는 그의 모습에 찬열이 고개를 끄덕였다.

"알았어."

찬열의 표정을 본 오티즈가 씩 웃었다.

찬열은 배트를 쥐고 타석으로 나갔다. 가볍게 스윙을 하며 몸 상태를 확인하고 타석에 섰다. 이상하게도 긴장이 되지 않았다.

기록에 대한 부담감도 느껴지지 않았다. 그냥 담담했다.

'뭐가 오려나.'

차분하게 투수가 던지는 걸 지켜봤다. 와인드업을 한 투수가 공을 뿌렸다. 릴리스 포인트에서 공이 손가락에 걸리는 순간, 찬열의 이채가 어렸다.

'커브, 떨어진다.'

퍽-!

"볼!"

[초구 커브를 선택합니다. 하지만 미동도 하지 않는 정찬열 선수, 어제 안타가 없다고는 하지만 여전히 어려운 승부를 가져가는군요.]

[어떤 투수라도 70번째 홈런을 맞은 선수가 되고 싶진 않을 테니까요.]

[2구 던집니다.]

이번에도 이전 투구와 마찬가지였다. 공이 손을 떠나기 직전, 코스와 궤적 그리고 구질이 머리에 떠올랐다.

'포심…… 실투다!'

"차앗-!"

투수의 기합 소리와 함께 공이 날아왔다. 찬열이 발을 내디뎠다. 그리고 허리를 돌렸다. 스윙이 간결하게 나갔다.

후웅-!

딱-!

[쳤습니다!]

[아아아아! 큽니다! 이건 커요!!!]

[넘어가느냐?! 넘어가느냐?!]

[중견수가 멈췄어요!!!]

모든 관중이 일어났다.

1루로 달려가는 찬열도 타구에서 눈을 떼지 못했다.

그리고.

[넘어갔어요!!!]

"와아아아아아아!"

우레와 같은 함성이 쏟아졌다.

[2001년 배리 본즈의 73홈런 이후 무려 9년 만에 70홈런을 기록하는 정찬열 선수입니다!! 메이저리그 120년 역사상 70홈런을 기록한 단 3명의 선수 중 한 명으로 이름을 남깁니다!!!]

1루 베이스를 도는 찬열이 주먹을 불끈 쥐었다.

그리고 하늘 높이 치켜들었다.

'해냈다.'

3루를 돈 찬열이 가볍게 베이스를 터치했다.

* * *

"메이저리그 두 번째 시즌 만에 70홈런이라는 대기록을 세웠습니다. 소감 한 말씀 부탁드립니다."

여기자의 질문에 찬열이 유창한 영어로 대답했다.

"열심히 하다 보니 여기까지 오게 됐습니다. 언제나 절 응원해 주는 가족과 팬분들이 있기에 가능한 일이었습니다. 감사합니다."

미리 김영재와 답변을 준비했다. 그랬기에 막힘없이 질문에 대해 대답할 수 있었다. 클럽 하우스에서 인터뷰가 진행됐기에 몇몇 선수가 부러운 눈빛을 보냈다.

찬열의 앞에는 거의 전 언론사의 기자들이 모여 있었다.

미국과 한국은 물론이고 중국과 일본 기자들도 여럿 보였다. 그만큼 찬열의 70홈런은 세계적으로 이슈가 됐다.

특히 동양권에서의 반응은 폭발적이었다.

김영재는 멀리서 찬열의 인터뷰를 바라보며 만족스런 미소를 지었다. 하지만 한편으로는 아쉽기도 했다.

'홈에서 기록했으면 제대로 인터뷰를 했을 텐데.'

원정 경기인 탓에 미디어 룸 같은 제대로 된 공간에서 인터뷰를 하지 못한 게 아쉬웠다. 인터뷰는 좋은 분위기 속에서 끝났다. 기자들은 뭐가 그리 바쁜지 각자 전화기를 꺼내 들며 흩어졌다.

"고생했다."

"오늘은 좀 힘드네요."

많은 사람에게 축하를 받았다.

구단 관계자들을 시작으로 양키스 선수들도 와서 축하한다는 인사를 건넸다. 앙숙은 앙숙이고 기록은 기록이다.

그들 역시 야구인으로서 찬열의 기록이 얼마나 대단한 것인지 잘 알고 있었다. 그래서 진심을 축하해 주었다.

"한국에서는 벌써 반응이 장난 아니더라."

"그래요?"

"포털 사이트 전체에 너와 관련된 검색어가 4시간째 이어지고 있어."

70번째 홈런을 때린 것이 4회였으니 이전부터 검색어가 떴다는 소리다.

확실히 기분 좋은 일이다.

"참, 부모님한테 전화 드려야겠어요."

"내가 먼저 해뒀다. 인터뷰 때문에 늦을 거라고 말씀드렸어. 호텔에 들어가서 전화 드려."

"감사합니다."

긴장이 풀렸는지 몸이 축 늘어졌다.

찬열이 벽에 등을 기댔다.

그의 옆에 김영재가 앉았다.

"네 야구공, 양키스 팬이 주웠다고 하더라."

"그래요?"

"응, 경매로 내놓을 생각인데 200만 불에서 500만 불까지, 예측은 다양하더라."

"맥과이어의 홈런 볼이 300만 불 정도 받지 않았어요?"

"시장에서는 그때보다 더 가치가 높다고 판단하는 거 같다. 넌 약물 쪽으로 깨끗하잖아."

"하하."

메이저리그는 야구 물품에 대한 시장이 잘 형성되어 있다.

선수 카드나 기념비적인 물건들은 비싼 가격에 팔렸다. 마니아층도 두터워 시장은 점점 더 커져 가고 있었다. 찬열의 홈런볼도 비싸게 팔릴 것이다.

농담을 하던 김영재의 표정이 진중하게 변했다.

"이번 기록으로 네 가치는 더 높아졌다. FA 협상에서 좋은 위치에……."

"형님."

찬열이 낮은 목소리로 그를 불렀다.

말을 멈춘 김영재가 찬열을 바라봤다.

"지금은 FA에 대한 이야기를 하고 싶지 않아요. 지금은 레드삭스의 일원이고 아직 팀이 우승을 확정짓지 못했으니까요. FA에 관련해서는 월드 시리즈가 끝난 뒤에 논의를 했으면 합니다."

"아, 미안하다. 내가 너무 성급했다."

"아닙니다. 로버트한테도 그렇게 전해 주셨으면 합니다."

"그래, 내가 책임지고 이야기를 해둘게."

"감사합니다."

그제야 찬열이 미소를 보였다.

* * *

레드삭스가 홈으로 돌아왔다.

펜 웨이 파크에서 탬파베이 레이스를 불러 4연전을 치렀다.

VS 탬파베이 레이스(151경기)

[7회 말, 정찬열 선수가 타석에 들어섭니다.]

[앞서 두 번 타석에 섰지만 2루타 하나를 기록한 정찬열 선수입니다. 타격감은 나쁘지 않아요.]

퍽–!

"볼!"

[초구 볼입니다. 낮은 코스에 깔리듯 들어오네요.]

딱–!

"파울!"

[2구를 쳤습니다만 파울 라인 밖으로 나갔어요. 아쉽습니다!]

감을 잡았다.

투수가 바뀐 탓에 새로 타이밍을 잡아야 했다.

찬열의 눈빛이 바뀌었다.

먹잇감을 노리는 맹수처럼 투수를 노려봤다. 와인드업을 한 투수가 공을 뿌렸다. 낮게 떨어지는 포크볼이었다.

후웅–!

찬열의 배트가 돌았다.

내디딘 발을 숙이며 어퍼 스윙으로 공을 퍼 올렸다.

딱–!

[아아! 쳤어요!!]

[이건⋯⋯!]

공이 중견수 쪽으로 날아갔다. 높게 떠오른 탓에 홈런이 될지 장담하지 못했다. 하지만 찬열은 유유히 베이스를 돌았다.

2루의 절반쯤 갔을 때.

"와아아아아!"

관중석에서 환호가 터졌다.

[넘어갔어요!!]

71번째 홈런이 만들어졌다.

VS 볼티모어 오리올스(156경기)

아메리칸리그 동부 지구의 순위가 결정됐다.

1위는 레드삭스가 차지했다.

덕분에 다소 여유로운 경기 운영을 가져갈 수 있었다.

대부분의 선발 라인업이 비주전 선수들로 채워졌다.

프랑코나 감독은 챔피언십 시리즈 그 이후까지 바라보면서 선수들에게 휴식을 준 것이다. 물론 휴식만 준 건 아니다.

중간 중간 경기에 나서게 해 경기감각을 유지하게 해주었다. 하지만 찬열은 여전히 경기에 나섰다.

이유는 바로 기록 때문이다.

[어제 경기에서 72번째 홈런을 때려낸 정찬열 선수, 과연 오늘 한 시즌 최다 홈런 타이 기록인 73개를 기록할 수 있을지 궁금합니다.]

배리 본즈가 2001년에 기록한 한 시즌 최다 홈런.

그 기록에 1개 차이로 따라붙었다.

[5회 초에 정찬열 선수, 타석에 들어섭니다.]

[좋은 기회입니다. 1루에는 벨트레 선수가 2루에는 발이 빠른 제

이코비 선수가 나가 있습니다.]

[투수, 초구 던집니다.]

"흡–!"

쐐액–!

투수의 손에서 공이 떠났다. 포심 패스트볼이다.

하지만 배트를 내밀지 않았다. 공이 낮은 코스로 날아왔기 때문이다.

퍽–!

"스트라이크!"

하지만 예상과 다른 판정이 나왔다. 고개를 돌린 찬열의 눈에 미트의 위치가 다르다는 게 들어왔다.

'프레이밍.'

얼마나 부드럽게 했으면 포심으로 구심의 눈을 속였을까?

하지만 중요한 건 그게 아니었다.

'날 피할 생각이 없다.'

그렇게 판단을 내린 찬열이 배트를 잡은 손에 힘을 주었다. 최근 투수들은 찬열과의 승부를 피하지 않았다. 정규 시즌의 순위가 대부분 확정이 됐기 때문이다.

자연스레 포스트 시즌 진출에 실패한 팀들은 내년 시즌을 위해 유망주들을 시험하기 시작했다.

유망주들은 패기가 넘친다. 그리고 한정된 기회에서 무언가를 보여 주어야 했다. 그런 점에서 있어 찬열과의 승부는 좋은 기회였다.

맞는다고 해도 정면승부를 할 수 있는 배짱이 있다는 걸 보여 줄 수 있다. 만약 삼진이나 범타로 돌려세우면 그의 주가는 매우 높아진다. 한 번이라도 기회를 더 받을 수 있게 된다는 소리다.

'잡고 말겠어.'

오리올스의 마운드를 지키고 있는 건 마이너리그 3년 차인 해럴드였다.

올해 23살로 어린 투수다.

앞날이 기대된다는 평가를 받고 있다.

작년에도 확대 엔트리가 적용이 됐을 때 콜업이 되어 선발로 몇 경기를 뛰었다. 당시에는 좋은 모습을 보여 주지 못했었다. 하지만 올 시즌은 달랐다.

1경기는 중간 계투, 1경기는 선발로 나서 8이닝 2실점 8탈삼진을 잡아냈다. 볼넷은 단 3개만 내줄 정도로 안정된 제구력을 가졌다.

'하지만 결정구가 약하다.'

그의 정보를 떠올린 찬열이 배트를 쥔 손에 힘을 주었다.

'포심은 좋다. 하지만 던질 수 있는 변화구가 한정적이야.'

소위 선발 투수는 포 피치는 되어야 된다고 말한다. 포 피치란 경기에서 써먹을 수 있는 구종이 4개는 되어야 된다는 뜻이었다. 하지만 해럴드는 고작해야 3개에 불과했다.

그중에서도 자주 던지는 건 2개다. 하나는 포심, 그리고 다른 하나는 싱킹 패스트볼이었다.

"흡—!"

기합과 함께 2구를 뿌렸다.

하지만 찬열의 머릿속에는 이미 그가 무슨 공을 던질지 예측이 된 상황이었다.

'이 높이라면······!'

공이 가슴 높이로 날아들었다. 다소 높은 코스.

하지만 찬열의 스윙은 그보다 밑으로 궤적을 그렸다.

그때 공이 흔들리더니 뚝 떨어졌다. 싱킹 패스트볼, 일명 싱커라 불리는 변형 패스트볼이었다. 공이 변화를 일으키자 공과 배트의 궤적이 정확히 맞아 떨어졌다.

따악—!

경쾌한 소리와 함께 공이 우익수 방면으로 날아갔다.

뒤로 물러나던 우익수가 이내 걸음을 멈췄다.

[넘어갔어요!! 배리 본즈와 어깨를 나란히 하는 정찬열 선수입니다!!]

* * *

시즌 후반이 되면 선수들 대부분이 페이스가 떨어진다.

찬열도 그럴 기미가 보였었다.

하지만 그때마다 주변의 도움으로 벗어날 수 있었다.

덕분에 좋은 페이스를 유지하면서 매일같이 경기에 임할 수 있었다. 마지막 경기를 앞두고서 그는 어느덧 75홈런을 달성했다.

배리 본즈의 한 시즌 최다 홈런을 경신한 그의 괴물 같은 시즌에 모든 언론이 찬사를 보냈다. 세부적인 성적을 보더라도 찬열의 성적은 경이로웠다.

타율 3할 7푼 5리. 타점 187점. 홈런 75개. 장타율 8할 3푼 5리. OPS는 무려 1.393에 달했다.

포수로서 이런 성적을 낸다는 건 불가능하다는 게 중론이었다. 그런데 찬열이 이루어 냈다. 타격 성적이 좋다고 해서 포수로서의 능력이 떨어지는 건 아니었다.

많은 전문가와 메이저리그 관계자들은 그의 포수로서의 능력에 더욱 주목했다.

특히 확대 엔트리가 적용이 되면서 어린 투수들이 올라오자 그 능력이 더욱 빛을 발했다. 그는 어린 투수들을 다독이며 좋은 피칭을 하게 도와주었다. 그 결과 무너지는 경기가 나오는 경우가 없었다. 어떤 투수가 올라오더라도 모두 제 역할을 해주었다.

덕분에 레드삭스 구단은 내년 시즌의 구상까지 같이 할 수 있었다. 그렇게 찬열은 모든 이의 찬사를 받으며 마지막 경기에 마스크를 쓰고 펜 웨이 파크의 홈을 지켰다.

* * *

[전국의 국민 여러분 안녕하십니까? 지금부터 보스턴 레드삭스 대 토론토 블루제이스의 시즌 최종전을 보내드리도록 하겠습니다.]

레드삭스의 마지막 상대는 블루제이스였다.

[순위와는 상관이 없는 경기다 보니 긴장감이 조금 떨어질 수도 있는데요. 하지만 레드삭스를 응원하는 팬들, 그리고 이 경기를 시청하고 계시는 여러분은 긴장의 끈을 놓을 수 없습니다. 바로 정찬열 선수의 홈런 기록 때문이죠.]

[맞습니다. 이미 메이저리그 최다 홈런 기록을 세운 정찬열 선수가 과연 어디까지 경신할 수 있을지 기대가 됩니다.]

[오늘 경기의 선발로는 어엿한 레드삭스의 한 축을 담당하게 된 카스티요 선수입니다.]

[처음 마운드에 올랐을 때는 부족한 부분이 많이 보였던 선수인데요. 하지만 지금은 레드삭스에는 없어서는 안 될 선수가 됐습니다.]

꾸준히 마운드에 오르게 되자 카스티요는 점점 안정된 기량을 보였다. 무엇보다 찬열과의 호흡이 매우 좋았다.

[1회 초, 토론토의 공격으로 경기 시작합니다.]

"플레이볼!"

구심의 외침과 함께 정규 시즌 최종전이 시작됐다.

찬열이 눈을 감았다가 떴다.

그의 눈에 타자의 움직임, 수비들의 모습이 한눈에 들어왔다. 타자에게 시선을 고정하자 그의 정보가 떠올랐다.

'전체적으로 밸런스가 좋다. 하지만 떨어지는 변화구에 약한 편이다. 초구는⋯⋯.'

찬열이 사인을 냈다.

처음 콜업이 됐을 때 카스티요의 로테이션은 단조로웠다.

던질 수 있는 구종이 많지 않았기 때문이다. 하지만 지금은 아니다. 커브를 갈고 닦아 로테이션을 늘렸다.

포심이 워낙 빠르다 보니 한 번씩 허를 찌르는 커브는 결정구로 써먹기 좋았다. 물론 찬열이 적절하게 리드해 준 덕분이었다.

찬열은 초구부터 커브 사인을 냈다. 초구는 포심이라는 인식이 강하다. 그만큼 포심은 기본이고 제구력이 잡히지 않은 투수들에게 심리적인 안정을 주기 때문이다. 그래서 찬열의 초구 커브는 정석에서 벗어나는 리드였다. 하지만 카스티요는 바로 고개를 끄덕였다.

찬열이 던지라면 이유가 있는 것이다. 카스티요는 그렇게 생각했다. 그의 리드에 의심을 가질 필요는 없다.

"흡-!"

와인드업과 함께 공을 뿌렸다.

손에서 공이 빠지는 느낌과 함께 큰 포물선을 그리며 날아왔다. 타자는 포심을 노리고 있었다. 워낙 공이 빠르기 때문에 스윙의 타이밍도 빨랐다. 그런데 느닷없이 커브가 들어왔다. 당황할 수밖에 없었다. 그래서 엉덩이를 빼며 스윙을 늦췄다. 하지만 그게 실수였다. 배트를 던지듯 휘두른 탓에 공이 원바운드가 되며 그대로 카스티요에게 돌아갔다.

퍽―!

가볍게 공을 포구한 카스티요가 1루에 공을 던졌다.

"아웃!"

[1번 타자를 초구에 잡아내는 카스티요 선수! 스타트가 매우 좋습니다!]

[허를 찔렀어요. 카스티요 선수의 포심의 구속은 100마일에 육박합니다. 그러니 스윙의 타이밍이 빠를 수밖에 없죠. 게다가 초구이니 포심을 노리는 게 당연합니다. 그런 상황에 느닷없이 커브가 들어왔으니 제대로 된 스윙이 나올 수가 없습니다.]

'좋았어.'

카스티요가 주먹을 불끈 쥐었다.

이보다 더 좋은 출발은 없었다.

카스티요의 1회는 퍼펙트였다. 첫 타자는 내야 땅볼, 두 타자는 모두 삼진으로 잡아냈다. 삼자범퇴도 대단하지만 더 놀라운 건 내용이다. 특히 두 번째 타자를 상대할 때가 백미였다.

4개의 공을 던졌는데 패스트볼은 하나도 없었다.

오직 변화구 승부였다.

카스티요하면 패스트볼이 떠오를 정도로 그의 트레이드마크와 같았다. 그런데 패스트볼을 던지지 않은 것이다.

이 모습을 지켜보던 해설위원은 감탄을 금치 못했다.

[두뇌 싸움의 승리입니다. 상대팀 타자들의 머리에는 포심 패스트볼이 가득했을 겁니다. 그런데 오히려 변화구만 던져 삼진을 잡아낸 거예요. 이렇게 되면 상대팀, 아니, 오늘 이후 포스트 시즌에서 맞붙게 될 팀들은 모두 카스티요 선수의 변화구를 견제할 수밖에 없습니다.]

[그러니까 포스트 시즌도 염두에 둔 볼 배합이라는 소리군요?]

[제 생각은 그렇습니다. 레드삭스의 선발의 한축을 담당하고 있는 카스티요 선수입니다. 하지만 부족한 게 많아요. 특히 포심 패스트볼 하나만 믿고 포스트 시즌이라는 큰 무대의 선발을 담당하기에는 위험성이 높습니다. 하지만 오늘 경기에서 무언가 다른 모습을 보여 준다면 상대도 다르게 생각하겠죠.]

[프랑코나 감독의 혜안이 대단하군요.]

[정말 감탄을 금치 못하겠네요.]

두 사람은 잘못 알고 있었다.

프랑코나 감독은 실전에서의 볼 배합은 모두 찬열에게 위임하고 있었다. 즉, 두 번째 타자를 상대할 때의 변화구 승부는 모두 찬열의 머리에서 나온 것이다.

그렇다고 아예 틀린 이야기는 아니다. 찬열이 그렇게 극단적인 볼 배합을 한 건 챔피언십 시리즈를 염두에 둔 것이었기 때문이다.

놀라운 모습이지만 프랑코나 감독은 그러려니 했다.

팀을 우선시하는 모습을 자주 봐왔기 때문이다. 무엇보다 이런 찬열의 성격을 알기에 그를 믿고 볼 배합에 대해 위임을 했다.

'챔피언십 시리즈에서도 이 정도만 해주면 된다.'

1회 말.

레드삭스의 선두 타자는 1번, 잭 피치였다. 유망주 선수 중 한 명으로 발이 빠르다. 승패와 관계가 없는 경기이기에 프랑코나 감독은 라인업의 대부분을 백업 플레이어와 유망주로 구성했다. 그런데 놀라운 일이 벌어졌다.

딱-!

[잭 피치, 중견수 앞 안타를 기록합니다!]

퍽-!

"볼! 베이스 온 볼!"

[볼넷을 얻어내며 두 타자 연속 출루가 만들어지는 레드삭스!]

3번 타자는 외야플라이로 물러났다.

그사이 2루에 있던 잭 피치가 3루로 내달렸다.

워낙 발이 빠르고 우익수 깊숙한 곳까지 들어갔기에 무사히 3루에 들어갔다. 승부에 큰 영향을 끼치지 않는다지만 이런 플레이 하나하나가 감독에게 눈도장을 찍을 수 있었다.

그래서 생각이 있는 선수들은 언제나 최선을 다했다.

"정! 정! 정! 정!"

펜 웨이 파크가 들썩였다.

모든 사람이 일어나 박수와 환호를 보냈다.

"와아아아!"

짝짝짝짝-!

[모든 관중이 일어나 박수를 보냅니다.]

[보스턴 팬들의 입장에서는 이런 선수가 자신들의 팀에 있는 게 행복할 겁니다.]

미국 현지에서는 찬열의 성적을 두고 앞으로 나올 수 없는 기록이라고까지 말하는 기자들도 있었다.

야구는 끊임없이 발전하고 있다. 문제는 그 발전이 타자보다는 투수에게 맞춰져 있다는 점이다. 투수의 제구력, 구속, 변화구는 매일같이 변하고 있었다.

하지만 타자의 타격 메커니즘은 최근 발전이 더디게 이루어지고 있었다. 정확히 말하면 투수의 발전이 끝난 뒤, 타자의 발전이 이어졌다. 간단히 말하면 타자가 스윙 메커니즘을 조절하는 이유는 투수의 빨라진 구속과 변화구의 커진 각도를 맞추기 위함이다.

즉, 투수가 발전을 하지 않으면 타자의 발전은 더딜 수밖에 없는 것이다. 목표가 없기 때문이다.

하지만 찬열은 조금 달랐다.

마이너리그를 전전하던 그때에도 그는 최신 기술을 배울 수 있었다. 미국 야구는 메이저리그부터 마이너리그까지 모두 같은 시스템으로 돌아간다. 한국은 다르다.

1군과 2군, 그리고 3군의 코치와 감독이 모두 달라서 키우는 방법이 다 달랐다. 그러다 보니 2군에서 잘 뛰던 선수도 1군에 와서 다시 적응해야 했다.

반면 미국은 시스템이 같기 때문에 메이저리그에 와도 본인이 잘하면 바로 적응할 수 있게 되는 것이다.

또 하나.

찬열은 한국에서 이미 충분할 정도의 돈을 벌고 미국에 건너왔다. 그러다 보니 비시즌 기간에 훈련할 수 있는 충분한 자금이 있었다. 마이너리그는 이게 불가능하다.

유망주들은 계약금이라도 받지만 그 돈도 금방 사라질 돈이었다. 실제로 찬열이 그랬었으니까.

결과적으로 찬열이 한국을 거쳐 미국에 진출한 것은 신의 한 수였다. 어쨌든 이런 이유 때문에 타자들의 홈런 개수는 조금씩 줄어들었고 투수의 평균 자책점은 낮아져만 갔다.

찬열의 성적이 경이로운 이유였다.

[정찬열 선수, 헬멧을 벗어 관중들의 성원에 고개를 숙입니다.]

찬열이 타석에 섰다.

상체를 숙인 투수가 포수의 사인을 확인했다.

'바깥쪽 낮은 코스, 포심.'

고개를 끄덕였다. 어차피 피할 생각은 없었다.

어떻게든 삼진을 잡아내서 팀에 자신의 존재감을 확실하게 각인시킬 생각이었다. 세트 포지션에 들어간 그가 1루와 3루 주자를 번갈아 가며 견제했다.

그리고 타이밍을 잡고 공을 뿌렸다.

"흡-!"

좌아악-!

실밥을 제대로 챘다. 손끝에서 느껴지는 감각이 좋았다.

예상대로 공이 낮게 그리고 빠르고 날카롭게 날아갔다.

'초구는 잡았다!'

라는 생각이 머리를 스치는 순간.

후웅-!

찬열의 배트가 돌았다.

18.44m를 떨어져 있는데도 불구하고 등골이 오싹해지는 스윙이었다.

따악-!

그 순간 경쾌한 소리가 났다.

공이 순식간에 사라졌다. 놀라서 고개를 돌렸을 때, 펜스까지 붙은 우익수가 고개를 떨어뜨리는 게 보였다.

[초구를 강타! 첫 타석에서부터 3점 홈런을 만들어버는 정찬열 선수입니다!]

시즌 76호 홈런이었다.

* * *

홈런을 얻어맞았지만 투수는 금방 안정을 찾았다.

오히려 한 방 맞았으니 괜찮지 않을까? 라는 생각으로 뒤이은 타자들을 상대했다.

신기하게도 마음가짐을 바꾸니 안정감 있게 공을 던질 수 있었다. 카스티요 역시 안정감 있는 피칭을 이어갔다.

물오른 포심 패스트볼과 컨트롤이 잡히기 시작한 변화구를 섞으며 타자를 농락했다. 게다가 타자를 헷갈리게 만드는 찬열의 프레이밍까지 합쳐지자 3회 초까지 퍼펙트게임을 이어갔다. 투수전이 깨진 건 3회 말이었다.

딱─!

[좌익수 앞에 떨어지는 안타! 멀티 히트를 기록합니다!]

2번 타자가 1루에 나갔다.

뒤이어 나온 3번 타자는 또다시 중견수 플라이로 물러났다. 그리고 타석에는 찬열이 들어섰다.

투수는 신중하게 승부를 이어갔다. 한 번 호되게 당해서 그런지 좀처럼 승부를 걸어오지 않았다.

퍽─!

"볼!"

[쓰리볼 원스트라이크가 됩니다. 볼넷으로 나갈 수도 있겠군요.]

[신중하게 가는 건 좋습니다만…….]

해설위원이 말을 삼켰다. 중도의 입장에 있어야 되기 때문이다. 아무리 찬열의 편이라지만 그걸 노골적으로 말할 수는 없었다.

그렇지 않아도 최근에 편파 중계를 한다고 인터넷에서 욕을 먹고 있었으니까 더 주의했다.

'제길, 마지막 경기인데 그냥 정면승부 좀 하지! 확 80홈런 가버리게!'

그의 본심이었다.

사실은 해설위원만이 아니라 국내의 야구팬들 역시 마찬가지 생각을 가지고 있었다. 70홈런은 이미 누군가가 밟은 땅이었다. 75홈런을 때려도 70홈런 언저리라는 건 마찬가지였다. 하지만 80홈런은 달랐다.

야구 역사상 그 누구도 밟지 못했던 미지의 땅이다.

성역(聖域).

야구 기자 중 누군가가 그렇게 표현했었다.

찬열은 이미 야구의 성역들 중 한 곳을 밟은 적이 있었다.

바로 10경기 연속 홈런이다. 또한 프로에서 최초로 5연타석 홈런을 기록했던 경험도 있다.

그렇기 때문에 많은 팬이 찬열이 마지막 경기에서 드라마틱한 장면을 연출해 주길 기원했다.

첫 타석은 완벽했다.

3점 홈런을 때려내며 80홈런까지 단 4개만을 남겨두고 있었다. 그런데 두 번째 타석에서 흐트러지고 있었다.

투수가 제대로 승부를 하지 않은 것이다. 볼넷이 나올 수도 있다는 사실이 인지가 되자 펜 웨이 파크에 야유가 쏟아졌다.

"우우우우-!"

[아~ 대단한 야유가 쏟아집니다.]

[레드삭스 팬들은 정면승부를 하라는 걸로 보이네요.]

생전 처음 겪는 대규모 야유에 투수는 당황했다.

'제길! 내가 피하고 싶어서 피하냐고!'

그저 신중하게 갔을 뿐이다. 그리고 포수의 요청을 받은 것이다. 이번에도 포수는 변화구를 요구해 왔다.

하지만 투수가 거절했다.

자존심이 상했다.

아직 어리기에 승부욕이 발동한 것이다. 몇 번이나 사인을 바꾼 끝에 결국은 투수가 이겼다. 포수가 정면승부를 택했다.

'진즉에 그랬어야지.'

투수가 만족스럽게 웃으며 찬열을 노려봤다.

'이번에는 반드시 잡는다.'

구종은 고속 슬라이더.

백도어로 들어가는 그의 장기 중 하나다.

"흡-!"

공을 뿌렸다.

이번에도 느낌이 좋았다.

실밥을 채는 느낌이나 정확한 릴리스 포인트에서 공을 놓는 느낌까지. 무엇보다 공이 날아가는 궤적이 완벽했다.

바깥쪽에서 스트라이크존을 살짝 걸치는 코스였다.

막 존에 들어가려는 순간.

따악-!

찬열의 배트가 무섭게 돌았다.

'설마!'

투수가 놀란 얼굴로 고개를 돌렸다. 그의 눈에 우중간으로 날아가는 타구가 보였다. 이번에도 중견수, 우익수 누구도 타구를 따라가지 않았다. 77번째 홈런이었다.

'저게 인간이야?!'

그라운드를 도는 찬열을 보며 투수는 고개를 떨어뜨려야 했다.

* * *

[1. 정찬열 77호 홈런]

[2. 정찬열 2연타석 홈런]

[3. 정찬열]

[4. 보스턴 레드삭스 vs 토론토 블루제이스]

국내 모든 포털 사이트의 실시간 검색어가 찬열의 이름으로 도배가 됐다. 새벽 시간인데도 전국의 대다수 아파트가 불을 켜 뒀다. 번화가의 술집에서는 대형 TV와 프로젝터를 설치, 보스턴 레드삭스와 토론토 블루제이스 경기를 중계해주는 곳도 있었다.

마치 월드컵이 열리는 날 같았다.

"오오오! 저걸 어떻게 쳐?!"

"와~ 방금 그거 뭐지? 컷 패스트볼인가?"

"커브 아니었어?"

"야! 저게 어떻게 커브냐? 이거 완전 야알못이네."

77호 홈런이 터지자 술집이 시끌시끌해졌다.

술집 주인 입장에서는 입가에 미소가 떠나지 않았다.

최근 정찬열 덕분에 매출이 수직 상승했다. 특히 주말에는 직장인들이 야구를 보기 위해 늦게까지 술집에 있어주니 매출이 폭등했다.

그때 한쪽에서 누군가 말했다.

"설마 80홈런 때리는 거 아니겠지?"

순간 술집에 찬물을 뿌린 듯 정적이 흘렀다.

모든 이가 설마 하면서도 마음속에 품고 있던 궁금증이었기 때문이다. 그 말을 뱉었던 남자의 동료로 보이는 이가 정적을 깨고 웃었다.

"에이~ 설마 80홈런을 때릴 수 있겠어? 그걸 치려면 앞으로 3번이나 더 쳐야 되는데? 게다가 타석이 다섯 번까지 돌아올까?"

그 말이 끝나자 신기하게도 정적이 풀렸다.

그때 TV에서 딱 하는 경쾌한 소리가 울려 퍼졌다.

[중견수 키를 넘기는 안타입니다!]

딱—!

[이번에는 좌익수 키를 넘깁니다! 갑자기 안타가 연달아 터지는 보스턴 레드삭스 타선입니다!]

"하…… 하하, 설마……."

누군가 말했다.

하지만 이번에는 정적이 깨지지 않았다.

단지 야구에 집중하며 간간이 맥주로 목을 축일 뿐이었다.

* * *

3회 말, 레드삭스의 연속 안타가 터졌다.

덕분에 4회 말에 1번 타자인 잭 리치부터 타순이 시작됐다.

딱—!

[2구를 때립니다! 유격수 키를 살짝 넘기는 안타입니다!]

[잭 리치 선수, 시즌 마지막 경기에서 확실히 눈도장을 찍네요.]

멀티 히트를 기록한 잭 리치가 주먹을 불끈 쥐었다.

[이렇게 되면 이번 이닝에서 병살타가 나오지 않으면 정찬열 선

수의 타순까지 돌아오겠네요.]

이제 고작 4회 말이다. 이번 이닝에서 올라온다면 앞으로 퍼펙트가 나오지 않는 이상 2번의 기회는 더 돌아온다.

'에이, 설마…….'

경기를 보는 사람들의 마음속에 한 가지 생각이 떠오르고 있었다. 하지만 아직까지는 모든 이가 고개를 저었다.

이유야 간단했다.

너무나 비현실적인 이야기였기 때문이다.

80홈런.

그것을 이루기 위해서 필요한 건 5연타석 홈런이다.

KBO에서는 찬열이 이미 한 번 만들어낸 기록이었다.

이는 프로 리그에서 세계 최초의 기록으로 남아 있었다.

하지만 이곳은 메이저리그다.

후보까지 하나하나가 세계 최고의 수준을 유지하는 곳이었다. KBO와는 질적으로 달랐다. 이런 곳에서 5연타석 홈런을 만들어낸다? 너무 비현실적이었다.

퍽-!

"베이스 온 볼!"

[두 타자 연속 출루에 성공합니다! 무사에 1, 2루가 됩니다.]

찬열까지 기회가 오는 건 기정사실이 됐다.

그러자 한국의 커뮤니티 사이트들이 술렁이기 시작했다.

[이번 타석에서도 홈런 때리면 3연타석 아님?]

[레알 80개 가는 거 아니냐?]

[개소리 ㄴㄴ, 말이 되는 소리를 해야지.]

[야알못 소리 그만하셈.]

몇몇 사람이 80홈런에 대해 언급했다.

하지만 쏟아지는 비난과 악플에 그런 소리는 쏙 들어갔다.

그때 찬열이 더그아웃에서 나왔다. 배트를 쥔 그가 대기 타석에 들어섰다. 마운드 위의 투수를 노려보는 그의 시선이 그 어느 때보다 차분했다.

'앞으로 3개⋯⋯.'

그 역시 80홈런을 염두에 두고 있었다. 욕심이 났다. 여기까지 온 이상 꼭 해내고 싶었다. 이런 시즌은 두 번 다시 오지 않을 수 있다. 기회가 왔을 때 잡아야 된다. 그 사실을 잘 알기에 더욱 욕심을 냈다. 그리고 또 한 가지. 노리는 기록이 있었다. 하지만 그건 아직 보이지 않는 것이었다.

그는 차분하게 자신의 타석을 기다렸다. 그의 눈은 바뀐 투수의 투구를 하나하나 관찰하고 있었다. 올 시즌 상대해 본 적이 없는 투수다. 그렇기에 투구 폼, 공을 놓는 포인트, 궤적까지. 모든 것이 낯설었다.

최대한 많이 보고 눈에 익혀야 했다.

투수는 우완이다.

쓰리쿼터에서 공을 뿌리는데 포심의 최고 구속은 90마일 정도였다. 하지만 변화구가 다양했다.

'지금까지 던진 변화구가 슬라이더와 커브, 그리고 체인지 업…….'

그리고 한 가지 더 던질 수 있다는 걸 알고 있었다.

바로 스플리터다.

포크볼과 같은 궤적을 그리지만 스플리터는 구속이 조금 더 빠르다. 그리고 떨어지는 각도가 적었다. 메이저리그에서는 포크볼보다 스플리터를 더 자주 사용했다.

'아직 안 던지는 걸 보면 숨기고 있는 건가? 아니면…….'

자신도 자주 사용하는 방법이다. 뒤에 강한 타자가 남아 있을 때 주 무기를 숨겨두는 것이다. 위험한 방법이지만 효과는 좋다.

뛰어난 타자들은 보는 것만으로도 타이밍을 잡을 수 있다.

그래서 구종을 하나 숨기고 그걸 결정구로 던지는 볼 배합을 하는 경우도 종종 있었다.

'하지만 좋지 않은 방법이야.'

앞 타자가 좋지 않은 컨디션이라면 가능하다.

하지만 컨디션이 좋다면?

딱ㅡ!

[쳤습니다! 중견수 앞에 떨어지는 안타!]

잭 리치가 홈으로 파고들려다가 멈췄다.

중견수의 어깨가 강하기 때문이다.

실제로 홈으로 송구된 공이 다이렉트로 포수의 미트에 박혔다.

굳이 위험을 무릅쓸 이유가 없었다.

[주자 만루! 그리고 타석에 정찬열 선수가 들어섭니다!]

찬열이 뒤를 지키고 있었기 때문이다. 배트 링을 빼고 타석으로 들어가는 그에게 관중들의 열화와 같은 응원이 쏟아졌다.

'스플리터를 노린다.'

타석에 선 찬열은 이미 마음의 결정을 내렸다.

상대 투수가 무엇을 숨기고 있는지 알고 있는 이상, 다른 걸 노릴 이유는 없었다. 그걸 아는지 모르는지 투수는 초구와 2구를 모두 포심을 던져 빠르게 카운터를 잡았다.

[순식간에 투스트라이크에 몰립니다!]

[이상하게도 배트를 내밀지 않네요. 왜인지 모르겠습니다.]

모든 사람이 의아해하고 있었다.

하지만 투수의 입가에는 미소가 그려져 있었다.

'이제 스플리터로 잡으면 된다.'

이때를 위해서 지금까지 참았다.

주자 만루의 위기가 되었지만 그래도 던지지 않았다. 그만큼 정찬열이란 존재가 주는 위협은 컸었다. 다른 타자들은 다른 구종을 던져도 잡을 수 있다는 확신이 있었다.

그러나 찬열만큼은 아니었다. 이런 생각은 더그아웃에서도 똑같이 생각하고 있었다. 그래서 사인이 포심과 다른 구종들 위주로 나온 것이다.

설마 만루가 될 줄은 몰랐지만 말이다.

'더블플레이를 만든다.'

두 개의 포심을 보여 준 이유도 더블플레이를 노린 포석이다. 투수판을 밟은 투수가 글러브 안의 공을 손가락으로 꾹꾹 눌렀다.

기대가 됐다. 70홈런 이상을 때려낸 타자를 삼진으로 돌려 세우는 쾌감이 말이다.

"흡─!"

전력을 다해 공을 뿌렸다. 그의 손을 떠난 공이 포심의 궤적을 그리며 날아갔다. 그리고 홈 플레이트 앞에서 갑자기 변화를 일으켰다. 마치 지면에서 누군가 잡아당기듯 밑으로 쑥 꺼졌다.

그 순간.

후웅─!

찬열의 배트가 마치 물속으로 잠수하는 물고기를 낚아채 듯 밑에서 위로 돌아갔다.

어퍼 스윙이다.

따악─!

[쳤습니다!!]

경쾌한 스윙과 함께 공이 중견수 방향으로 날아갔다.

'어떻게?!'

투수는 경악했다.

방금 전 찬열의 스윙은 포심 패스트볼을 노린 게 아니다.

그렇다면 공을 던진 이후부터 스윙이 시작되었어야 한다.

하지만 찬열의 스윙은 조금 늦게 시작됐다.

그 타이밍에 포심을 노렸다면 어퍼 스윙이 아닌 레벨 스윙이 나왔어야 한다. 그런데 찬열은 어퍼 스윙을 했다.

'처음부터 스플리터를 노렸다고?!'

믿을 수 없지만 그렇게밖에 생각할 수 없었다.

"와아아아!"

그때 관중들의 환호 소리가 들려왔다.

고개를 돌린 투수의 눈에 전광판에 떠오르는 [HOME RUN]이라는 문구가 눈에 들어왔다.

'제길…….'

그는 고개를 떨어뜨릴 수밖에 없었다.

완벽한 패배였다.

* * *

[정찬열 선수 3연타석 홈런을 기록합니다!]

78번째 홈런.

80홈런까지는 앞으로 단 2개가 남았다.

레드삭스는 5회 카스티요가 안타를 허용하자 바로 교체를 지시했다. 그리고 선발 라인업에서 주전 선수를 모두 제외했다. 점수 차가 많이 벌어진 상황. 챔피언십 시리즈를 생각해야 했기 때문이다. 하지만 찬열은 교체하지 않았다.

프랑코나 감독의 배려였다.

대기록에 도전하라는 배려 말이다.

[6회에서 정찬열 선수에게 기회가 돌아올 것 같군요.]

[그렇습니다.]

[80홈런까지 앞으로 단 2개만 남은 상황, 과연 이루어낼 수 있을지 궁금합니다.]

그때 해설위원이 무언가를 찾다가 입을 열었다.

[어…… 그런데 제가 찾아봤는데요.]

[예.]

[앞으로 솔로 홈런 1개면 싸이클링 홈런이 완성됩니다.]

[싸이클링 홈런이요? 싸이클링 히트는 들어봤는데……. 그건 뭐죠?]

[야구에서 홈런은 4가지가 있습니다. 1점, 2점, 3점, 그리고 그랜드슬램이죠. 이 모든 홈런을 한 경기에서 다 이루어내는 걸 말하는 겁니다.]

[그러고 보니 1회에 3점 홈런을, 3회에는 2점 홈런……. 그리고 4회에 만루 홈런이 나왔…….]

캐스터는 말을 잇지 못했다.

그의 눈앞에는 작가가 종이를 들고 있었다.

[사이클링 홈런, 세계에서 최초!]

그 정보를 전달받은 그의 얼굴이 굳어졌다.

[세계 최초의……!]

[아닙니다. 세계 최초는 아니에요.]

[예?]

[사이클링 홈런은 더블A에서 타이론 혼 선수가 기록한 적이 있습니다. 아마추어 경기까지 범위는 넓히면 마샬 맥두걸 선수가 대학리그에서 기록한 적이 있습니다.]

[그…… 그렇군요.]

[하지만 메이저리그에서는 최초의 일입니다. 게다가 80홈런까지 걸려 있는 경기입니다. 의미만 놓고 보자면 더욱 중요합니다.]

하지만 사이클링 홈런은 단순히 타자의 능력만으로 이루어지는 게 아니다.

6회 말, 찬열의 앞에 타자가 나가면서 사이클링 홈런을 기록할 수 있는 기회가 사라졌다. 하지만 찬열은 개의치 않았다. 그 역시 사이클링 홈런을 생각하고 있었지만 기회가 오지 않은 기록에 목을 매달 이유는 없었다.

'지금에 집중하자.'

집중력을 끌어올려 투수에게 집중했다.

그리고 그가 던지는 초구를 노렸다.

딱-!

경쾌한 소리와 함께 공이 좌익수 방향으로 쭉쭉 날아갔다.

[그린 몬스터를 넘기는 투런 홈런이 나옵니다! 이로써 4연타석 홈런을 기록하는 정찬열 선수! 동시에 79호 홈런을 만들어냅니다!]

* * *

[이건 미쳤다.]

[헐······.]

[말도 안 돼······.]

[정말 80홈런 가나?]

[솔로 홈런 한 방이면 사이클링 홈런이잖아?]

[쟤가 인간임?]

단 한 개의 홈런만 남겨두게 되자 인터넷의 반응도 바뀌었다. 게다가 사이클링 홈런까지 가시권에 두었다.

잠을 자고 있던 사람들도 소식을 듣고 인터넷 방송이나 중계를 보기 시작했다. 그로 인해 네이버의 토탈 시청자 수가 300만 명을 돌파했다.

국가 대항전에서도 볼 수 없었던 수치였다. 덕분에 일순간 서버가 다운되는 일도 벌어졌다. 하지만 곧 복구를 하면서 시청에 문제가 없었다. 보스턴은 벌써부터 축제 분위기였다.

경기장에 들어가지 못했던 사람들은 밖에서 찬열의 대기록을 응원했다. 외야의 모든 관중이 글러브를 꺼내 들고 그의 80번째 홈런 볼을 잡기 위해 준비했다. 밖에서도 혹시나 장외 홈런이 나오지 않을까 하는 마음에 준비를 하는 사람들이 보였다.

VIP룸.

레드삭스의 단장은 한 노년의 남자와 함께 앉아 있었다. 명품 정장과 선글라스를 쓴 남자가 마지막 타석에 들어서는 찬열을 바라봤다.

"이야기대로 정말 대단한 선수로군."

"반드시 잡아야 하는 선수입니다."

"음……."

단장의 권한을 넘어서는 계약이다.

그래서 눈앞의 이 남자의 허락이 반드시 필요했다.

그는 레드삭스의 주인이었으니까.

"지켜보지."

그가 짧게 말하고는 경기에 집중했다.

타석에 들어선 찬열은 가볍게 배트를 돌리며 투수를 노려봤다. 토론토 블루제이스 역시 승부를 피할 생각은 없었다.

'대기록의 상대가 되는 건 치욕이 아니라 영광이다.'

토론토의 감독은 그렇게 생각하고 있었다. 그래서 투수에게 피하지 말라고 이야기를 전달했다. 마운드 위의 투수 역시 그럴 생각이었다.

'투심 패스트볼. 몸 쪽으로.'

포수의 사인을 받은 투수가 고개를 끄덕였다. 투수판을 밟은 그가 초구를 뿌렸다.

"흡-!"

쐐액-!

포심처럼 날아오던 공이 뱀처럼 휘며 몸 쪽으로 빨려 들어갔다.

픽-!

"스트라이크!"

[존을 살짝 걸치면서 들어가는 좋은 공입니다!]

[투심의 회전이 좋습니다.]

[정찬열 선수, 타석에서 물러나 다시 한 번 스윙을 점검하네요. 9회가 남아 있긴 하지만 사실상 이번 이닝이 마지막 타석 아닙니까?]

[맞습니다. 게다가 주자도 없습니다. 최후의 순간에 이런 기회를 잡았으니 반드시 살려 주었으면 합니다.]

찬열은 다시 타석에 섰다.

자세를 잡기 전.

그는 관중석을 바라봤다.

수많은 관중이 자신을 향해 열광적인 응원을 보내주고 있었다. 더그아웃의 동료들 역시 앉아 있는 사람은 한 명도 없었다.

'레드삭스가 좋다.'

이런 곳에서 야구를 했다는 게 즐거웠다. 앞날이 어떻게 될지 모르지만 이들을 위해서 자신이 해줄 수 있는 최고의 즐거움을 주고 싶었다.

자세를 잡았다. 두 눈을 부릅뜨고 정신을 집중시켰다.

초점이 한곳에 잡히면서 주변의 사물이 하나둘 사라졌다.

투수가 다리를 들었다. 팔을 앞으로 뻗는 순간, 투수의 모습도 사라졌다. 남은 건 오로지 그의 손을 떠나는 새하얀 야구공뿐이었다.

'간다.'

탁—!

발을 내디뎠다.

동시에 골반을 돌렸다.

골반을 딱 잡는 순간 상체를 회전시켰다.

그리고 스윙이 시작됐다.

따악—!

[쳤습니다아아아아!!!!]

[당겨 친 타구! 그린 몬스터를 향해 날아갑니다!!!!]

찬열이 배트를 든 채 타구의 방향을 좇았다.

수많은 홈런 타구를 뱉어낸 그린 몬스터 위로 넘어가는 타구를 보며 찬열이 배트를 놓았다.

툭-!

"와아아아아아아아!!!"

[넘어갑니다! 넘어갔습니다!!! 그린 몬스터를 넘어 장외로 날려 버립니다!!!]

[80홈런! 5연타석 홈런! 그리고 사이클링 홈런을 동시에 기록하는 정찬열 선수!!!]

더그아웃의 동료들을 향해 주먹을 들어 올린 찬열이 1루를 향해 달려갔다. 그 모습을 VIP룸에서 바라보던 노년의 남자가 자리에서 일어났다.

지팡이를 잡는 그의 손이 떨리고 있었다.

전율.

칠십이 넘는 세월을 살면서 이런 전율을 느낄 줄은 꿈에도 몰랐다. 그가 단장을 바라봤다.

"두 번의 밤비노의 저주가 태어나서는 안 되네."

"알겠습니다."

단장이 고개를 끄덕였다.

[기적과도 같은 일이 벌어졌습니다! 보스턴 레드삭스의 찬열 정이 80홈런, 사이클링 홈런, 5연타석 홈런을 동시에 기록하는 진풍경을 보여 주었습니다! 하이라이트 함께 보시죠!]

화면이 바뀌었다.

오늘 경기에서 찬열이 타석에 섰던 장면만을 편집한 하이라이트 영상이었다. ESPN만이 아니었다.

미국 내의 거의 모든 언론사와 스포츠 관련 채널에서 찬열의 소식을 전달했다. 야구팬들은 경악했다.

80홈런이라는 전무후무한 기록, 5연타석 홈런, 사이클링 홈런이 동시에 나왔으니 당연한 일이었다. 이런 대단한 사건은 야구에 관심 없는 사람들조차 야구장으로 이끌게 만드는 마력이 있었다. 실제로 90년대 후반, 마크 맥과이어와 새미 소사가 시즌 내내 홈런 레이스를 펼치며 70개의 홈런까지 도달했을 때. 식었던 메이저리그의 열기가 다시 불타올랐던 것처럼 말이다.

최근 메이저리그의 흥행은 주춤하고 있었다.

마운드가 강해지면서 호쾌한 타격전이 펼쳐지는 일이 줄었기 때문이다. 그런 와중에 찬열의 80홈런이 터졌다.

대기록이 연달아 터지면서 디비전 시리즈에 대한 관심이 폭발하는 건 당연했다.

유투브에 올라온 찬열의 하이라이트 영상의 조회 수가 5천만이 넘은 것만 하더라도 파급력을 알 수 있게 해주었다.

레드삭스 팬들은 단체 행동에 들어갔다. 찬열의 재계약에 대한 정확한 답을 내놓으라는 게 그들의 요구였다.

디비전 시리즈까지 삼 일간의 휴식 기간.

경기가 없음에도 불구하고 펜 웨이 파크의 앞에는 수많은 팬이 피켓을 들고 찾아왔다. 그 모습을 멀찍이서 바라보는 로버트의 입가에는 미소가 떠나지 않았다.

'우리 쪽으로 유리해지고 있어.'

팬들이 대신 구단을 압박해 주고 있었다. 자신이 해야 될 일을 대신해 주니 기분이 좋을 수밖에 없었다.

그때 운전기사가 물었다.

"대표님은 찬열 정이 이렇게 대단한 성적을 낼 줄 알고 계셨습니까?"

그 역시 세로니 컴퍼니의 직원이자 야구팬이다. 당연히 찬열에 대해 관심이 있었다. 그의 질문에 로버트는 고개를 저었다.

"분명 어느 정도 성적을 낼 거라 예상했네. 최소 천만 불, 많게는 이천만 불까지 받을 수 있을 거라 생각했지."

이천만 불.

메이저리그에서도 이 정도의 연봉을 받는 선수는 스무 명 안팎이었다. 그 정도만 되더라도 대박이라는 표현이 맞다.

하지만 찬열은 그 수준을 넘어섰다.

새로운 역사를 써내려간 선수, 거기에 걸맞은 연봉을 받아야 됐다. 그리고 로버트는 그 돈을 받아줄 수 있는 사람이었다. 운전기사는 궁금했다. 과연 찬열이 어떤 연봉을 받게 될지 말이다.

* * *

아직 메이저리그에는 포스트 시즌이 남아 있었다.

하지만 한국에서는 벌써부터 찬열의 연봉 협상에 포커스가 맞춰져 있었다. 메이저리그 역사상 최고의 계약이 나올 것임은 자명한 사실이다. 하지만 찬열은 다음 시즌이 아닌 올해를 보고 있었다.

정확히는 눈앞에 있는 디비전 시리즈에 그의 시선이 향해 있었다. 그런데 묘하게 기운이 나지 않았다. 무기력하다고나 할까?

어째서인지 모르지만 훈련을 할 의욕이 나지 않았다.

덕분에 휴식 첫날을 그저 호텔방에 누워 시간을 보냈다.

'왜 이러지…….'

본인조차 당혹스러웠다.

회귀 후에는 이런 경험이 한 번도 없었기 때문이다.

"후우……."

찬열 본인은 몰랐지만 이는 목표를 이룬 사람에게 찾아오는 무력감이었다.

분야를 떠나 자신이 세운 목표나 역사에 남을 대기록을 남기게 되는 사람은 직후 커다란 무력감이 찾아온다.

이것을 넘을 수 있느냐 못 넘느냐에 따라서 롱런을 하는지 아닌지가 결정이 된다.

찬열은 지금 그 중요한 순간에 홀로 서 있었다.

정확한 이유조차 모른 채 말이다.

"일단 운동이라도……."

막 몸을 일으키려는 그때였다.

딩동—!

객실의 벨이 울렸다.

이 시간에 올 사람이라면 몇 사람 없었다.

그랬기에 찬열은 바로 문을 열었다.

"영재 형님……."

예상대로 문밖에는 김영재가 서 있었다. 그런데 혼자가 아니었다. 그의 뒤로는 아버지와 어머니, 그리고 친척들과 동생들이 서 있었다.

"찬열아~!"

어머니가 와락 안겨 오셨다.

당황한 찬열이 엉거주춤 어머니를 안으며 김영재를 바라봤다.

"내가 주는 축하 선물이다."

짧은 대답이지만 그의 마음을 이해한 찬열이 미소를 머금었다.

"감사합니다, 형님."

"자자, 여기서 이럴 게 아니라 들어가시죠. 이 녀석이 머무는 방은 무척이나 넓습니다."

김영재가 웃으며 가족들을 안으로 안내했다.

"우와~!"

"레알 넓다!"

"여기서 축구해도 되겠다!"

"야! 찬열이 형이 야구 선수인데 축구가 뭐냐?!"

친척 동생들이 호텔의 방을 휘젓고 다녔다.

그 모습을 바라보는 찬열의 입가에 미소가 지어졌다.

"아들, 그동안 고생이 많았다."

아버지가 그런 찬열을 보며 격려를 해주었다.

어깨를 다독여 주는 아버지의 손길이 그 어느 때보다 따뜻하게 느껴졌다.

"감사합니다."

"우리 아들, 얼굴이 반쪽이 됐네. 조금만 기다려 봐. 엄마가 맛있는 거 해줄게. 여기 마트가 어디 있지?"

"언니! 오다 보니까 걸어서 5분 정도 가면 있던데?"

고모가 맞장구를 쳤다.

"그래요? 그럼 다녀올게요!"

"에헤이! 혼자 어디 간다고 그래?"

금방이라도 나가실 것 같은 어머니를 아버지가 만류했다. 아무래도 걱정이 되시는 듯했다. 그건 찬열도 마찬가지다.

한국도 아닌 미국에서 영어 한 마디 못하시는 어머니가 혼자 마트를 간다는 건 어불성설이었다.

그때였다.

"아버님, 제가 같이 다녀올게요."

그때 열린 문을 통해 익숙한 목소리가 들려 왔다.

고개를 드니 깔끔한 복장의 안젤라가 서 있었다.

"안젤라."

"체크인은 다 끝났니?"

김영재의 질문에 안젤라가 고개를 끄덕였다.

"네, 옆에 객실 세 개를 빌렸어요. 거기서 편안하게 지내시면 될 거 같아요."

"잘했다. 자, 그럼 어머님은 안젤라와 같이 마트에 다녀오시죠."

"저도 다녀올게요!"

순식간에 세 여인이 무리를 지어 객실을 빠져나갔다.

정신이 없었다.

가족들이 갑자기 찾아온 것도 놀라운데 거기에 안젤라까지 오다니 말이다. 그때 작은아버지가 다가와 찬열의 옆구리를 팔꿈치로 쿡 찔렀다.

"애인이냐?"

"예?"

"우리 찬열이 능력 좋네. 금발의 애인을 만들고 말이야."

"하하……."

아니라고 할 수도 없었다.

한국에서처럼 딱 애인이라고 말한 건 아니지만 그녀와의 관계가 친구 이상임은 분명했으니까 말이다.

찬열은 그녀가 서 있던 곳을 바라보며 흐뭇한 미소를 지었다.

* * *

오랜만에 어머니가 차려 주신 밥은 맛있었다.

매일 혼자서 먹던 식사가 아닌 가족들과 함께 식사를 한다는 게 이렇게 좋을지는 몰랐다. 한결 마음이 편안해진 찬열이 창가에 앉아 잠깐의 휴식을 취했다.

그런 찬열의 곁으로 아버지가 다가오셨다.

"한국에서 가져온 차다. 마음은 편안하게 해주는 효과가 있다는구나."

찬열은 아버지가 건네는 찻잔을 받았다.

"감사합니다."

커피를 마시지 않는 자신의 취향을 아시고서는 차를 가져와 주신 아버지가 고마웠다. 달콤하면서도 고소한 향기가 마음에 들었다. 한 모금 마시자 따스한 기운이 식도를 통해 몸 안으로 퍼져 갔다.

"하아…… 좋네요."

"다행이구나."

두 사람은 말없이 차를 마시며 창밖을 바라봤다.

어느덧 가을도 거의 지나가는 보스턴 시내의 모습은 아름다웠다.

"내가 어렸을 때는 설마 이런 곳에서 이런 풍경을 보게 될 줄은 꿈에도 몰랐다."

아버지가 정적을 깨고 이야기를 꺼냈다.

찬열이 그런 아버지를 바라보며 이야기에 집중했다.

"그때는 하루하루 사는 게 힘들었다. 많은 게 부족했지만 그래도 노력했지. 어떻게든 살아야 된다고 생각했어. 그러다 엄마를 만나게 됐다. 우리는 서로를 좋아했다. 아주 많이 말이야."

이런 이야기는 처음이다.

회귀 전에도, 후에도 아버지는 옛날 이야기를 잘 꺼내지 않으셨다.

그래서 신기했다.

아버지는 창밖을 바라보며 말을 이었다.

"그러다 널 가지게 됐다. 이런 말을 하는 건 우습지만 사실은 두려웠다. 기뻐하는 감정만큼이나 두려움도 컸단다. 내가 책임져야 될 사람이 늘어났으니까 말이지."

약간은 충격이었다.

막연하게 자식이 생겼을 때 부모의 마음은 무작정 기쁠 거라고만 생각했으니까.

그런데 두려웠다니?

"당시의 내가 돈이 있고 무언가 이룬 게 있었다면 그런 마음이 들지 않았을 수도 있단다. 하지만 난 이룬 게 없었지. 그렇게 두려워하고 있을 때 네가 태어났단다. 엄마 뱃속에서 네가 나왔을 때. 나는 떨렸다. 손이 떨려 탯줄도 제대로 못

잘랐지."

그때의 기억이 떠오른 듯 아버지가 미소를 지었다.

"신기하게도 탯줄을 자르고 거기서 피가 흘러나올 때, 모든 공포심이 사라졌다. 널 지켜야 한다. 너에게 많은 걸 해주고 싶다. 그런 마음이 들었단다. 그 뒤로는 정말 미친 듯이 살았지."

그 결과가 현재 아버지의 위치다.

사업체를 운영하면서 남부럽지 않을 정도의 재력을 쌓으셨다. 물론 대기업이나 그런 수준은 아니다.

하지만 커 오면서 어렵다는 생각을 해본 적이 없었다.

"정말 미친 듯이 일했다. 쉬는 날이 없을 정도로 일을 해왔지. 하지만 힘든 건 몰랐다. 커 가는 널 보고 있으면 육체적인 힘듦은 아무것도 아니었거든."

회귀 전에도 아버지는 언제나 자신을 위해 주셨다. 그렇기에 언제나 아버지에게 감사하는 마음을 가지고 있었다.

그런데 아버지가 이런 말씀을 하시는 이유를 알지 못했다.

어째서 이 이야기를 꺼내시는 걸까?

단지 술 한 모금을 하셔서?

그때였다.

아버지가 본론을 꺼내셨다.

"그런데 올해 여름부터 난 무기력해졌단다. 일을 하기 싫어지고 심지어는 집 밖으로 나가는 것도 싫어졌지."

순간 해머로 머리를 때린 것 같았다.

아버지의 말씀은 현재 자신이 겪고 있는 것이기 때문이다.

"얼마 전에 그 이유를 알게 됐단다. 바로 목표가 사라졌기 때문이지."

"목표…… 요?"

"그래, 난 지금까지 부족함 없이 널 키우는 게 목표였단다. 네가 프로가 된 뒤에도 아직 넌 내 품에 있는 자식이었다. 하지만 미국에 와서 이런 대기록을 쌓고 있는 널 보고 깨달았다. 아, 이제 자식이 내 품을 완전히 떠났구나."

아버지가 찬열을 바라봤다.

"그 순간 내 삶의 목표는 사라졌다. 몇십 년을 가져온 목표를 말이야. 하지만 후회는 없다. 난 이미 충분히 늙었으니까 말이야."

찬열의 눈에 아버지의 모습이 들어왔다. 어느새 주름이 많아지고 머리에는 흰머리가 듬성듬성 나있었다.

아버지 나이 서른에 자신을 낳았으니 이제 환갑을 몇 년 남기지 않은 아버지다. 아버지가 손을 뻗어 찬열의 어깨를 토닥였다.

"하지만 넌 아직 젊다. 한 가지 목표를 이루었다면 다음 목표를 정하고 또다시 달려야 할 나이야."

아버지는 모든 걸 알고 계셨다.

"언제부터…… 알고 계셨어요?"

"네 얼굴을 봤을 때부터."

아버지가 씩 웃으셨다. 정말 못 당하실 분이다.

어른이 되었다고 생각했지만 아버지를 속일 수 없었다.

"실은 네 엄마도 알고 있다. 연기력이 너무 형편없어."

"하하……."

억지로 밝은 척을 했었는데…….

잘 되지 않았나 보다.

어색하게 웃는 아들을 보며 아버지가 마지막 조언을 해주었다.

"목표를 너무 한곳에만 집중하지 마. 그렇게 되면 네가 먼저 지치게 된다. 새로운 목표를 잡고 끊임없이 달려라."

"예."

찬열의 눈빛에 다시 생기가 도는 걸 본 아버지가 미소를 지었다.

다음 날.

찬열은 다시 운동을 시작했다.

아침 일찍 호텔의 피트니스 센터에 나가 러닝머신에 올랐다. 가볍게, 몸의 근육을 풀어주겠다는 생각으로 달렸다.

땀을 흘린 뒤에는 수영장을 찾았다. 하루를 쉬었다고 근육이 약간 굳어 있었다. 수영까지 끝내고 나자 굳어 있던 근육이 풀렸다. 기분이 상쾌했다.

어제까지만 하더라도 무기력했던 기분이 모두 사라졌다.

마음의 안정도 찾았다.

목표를 찾지 못해 방황하던 찬열은 새로운 목표를 정했다.

아주 멀리 떨어져 있는 목표가 아니다. 눈앞의 목표.

바로 디비전 시리즈의 승리였다.

디비전 시리즈에서 레드삭스는 양키스를 맞이한다. 두 팀의 시리즈 전적은 레드삭스가 12승 6패로 앞서고 있었다.

하지만 디비전 시리즈는 다르다.

레드삭스보다 양키스가 포스트 시즌의 경험이 더 풍부했다. 언론에서도 포스트 시즌 경험이 적은 찬열이 과연 정규 시즌에서만큼의 성적을 낼 수 있느냐에 초점을 맞추고 있었다.

'디비전 시리즈를 이긴다.'

찬열은 결코 멀리 보지 않았다.

눈앞의 것.

그것을 위해 달려갈 뿐이었다.

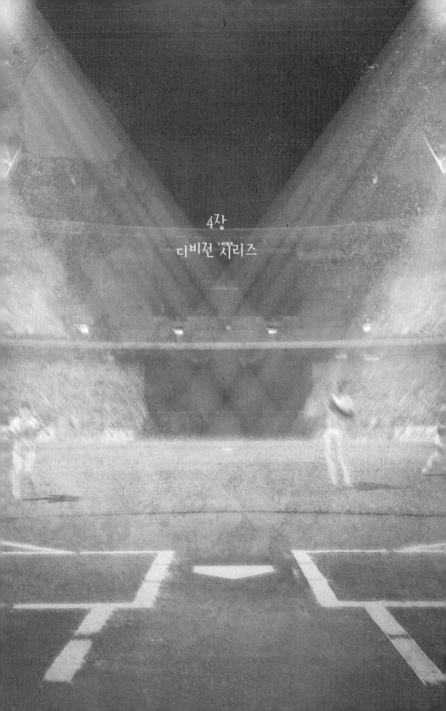

4장

디비전 시리즈

디비전 시리즈 전날.

레드삭스 선수들이 모두 구장에 모였다.

회의실에서 열린 시리즈에 대한 전체적인 회의가 진행됐다.

양키스의 1차전 선발은 사바시아다.

올 시즌 양키스의 에이스로서 최고의 성적을 낸 그가 나오는 게 당연했다. 레드삭스 역시 최고의 라인업을 꾸렸다.

부상이 많은 한 해였지만 최근 주전 멤버들이 모두 돌아왔다. 덕분에 포스트 시즌은 완전한 전력으로 싸울 수 있게 됐다.

"4번 타자, 찬열 정."

4번의 자리에 찬열의 이름이 불리는 건 이제 당연한 일이 됐다.

그만큼 레드삭스에서. 아니, 메이저리그에서 그의 입지는 단단해졌다. 이후에는 사바시아에 대한 분석이 이어졌다.

정규 시즌 마지막 일정에서 양키스와 만나지 못 했기에 사바시아의 최근 투구를 알지 못한다. 그래서 비디오와 컴퓨터 분석을 통한 자세한 정보가 전달이 됐다.

전체 회의가 끝난 뒤 각 포지션이 모여 다시 회의가 이어졌다. 찬열 역시 배터리 코치와 다양한 의견을 주고받았다.

"최근 벅홀츠의 컨디션이 좋지 않다. 멘탈이 흔들리고 있어. 그러니 마운드 방문 타이밍을 평소보다 일찍 잡는 게 좋을 거 같다."

배터리 코치는 포수만 관리하는 게 아니다. 배터리라는 용어 자체가 투수와 포수를 합쳐서 부르는 말이다.

여기서 알 수 있듯 배터리 코치는 양측을 조화롭게 해주는 것이 그들의 일이었다. 볼 배합에 관련해서도 많은 이야기를 했다.

경기 도중에 찬열의 결정에 따라 달라질 수는 있지만 기본적인 정보는 알려 주었다. 그렇게 레드삭스는 양키스와의 일전을 준비해 갔다.

* * *

디비전 시리즈 1차전.

펜 웨이 파크에는 일찌감치 수많은 팬이 찾았다.

레드삭스 유니폼을 입은 팬들이 압도적으로 많았다.

물론 중간 중간 양키스의 유니폼도 보였지만 숫자로 비교가 되지 않았다.

"여보! 여보! 저기 찬열이 유니폼이에요! 어머! 저기도 있어요!"

어머니가 주변의 사람들을 손가락으로 가리키며 말했다.

"아이고! 정말이네. 여기저기 다 찬열이 이름이네!"

고모가 맞장구를 쳤다.

정말이었다.

레드삭스 유니폼을 입고 있는 사람들 중 절반가량이 Jeong이라는 글자가 적힌 유니폼을 입고 있었다. 실제로 올 시즌 레드삭스에서 가장 많이 팔린 유니폼이 찬열의 것이었다. 부모의 입장에서 이런 모습을 보고 있으니 뿌듯했다.

"자자, 그만하고 어서 들어가자고. 지금 줄 서도 한참 뒤에나 들어가겠네."

아버지의 말대로였다.

벌써부터 구장으로 들어가는 줄이 길게 늘어서 있었다.

언제 들어갈 수 있을지 걱정이 될 정도였다.

"잠깐 여기서 기다리세요."

그때 김영재가 나섰다.

그는 구단 직원에게 다가가더니 영어로 이야기를 했다.

잠깐의 대화 이후 돌아온 김영재가 부모님 일행에게 다가왔다.

"자, 안으로 들어가시죠."

김영재의 안내에 부모님 일행이 얼떨떨한 얼굴로 뒤를 따랐다.

구단 직원에게 다가가자 웃으며 부모님 일행을 향해 영어로 이야기를 건넸다.

"정찬열 선수의 가족을 만나게 되어 기쁘다는 이야기입니다."

"아……."

중간 중간 만나는 직원마다 친절하게 가족들에게 이야기를 건네주었다. 부모님은 이런 대우를 받는 게 싫지만은 않았다. 그렇게 안내받은 곳은 스카이 룸이었다.

펜 웨이 파크의 전경을 한눈에 볼 수 있는 별도의 룸으로 각종 음식과 음료가 제공이 됐다.

"오오!"

가장 좋아하는 건 역시 아이들이었다.

순식간에 사방으로 흩어져 음식을 먹으며 창가에 붙어 경기장을 내려다봤다.

"룸에 있는 모든 음식은 걱정하지 마시고 드셔도 됩니다. 혹시 필요하신 게 있으시면 언제든지 말씀하시고요."

"이거 참, 이런 대우를 받아도 되는 건지……."

예상치 못한 대우에 아버지는 약간의 불편함을 느꼈다.

하지만 김영재는 단호하게 이야기했다.

"찬열의 가족분들은 충분히 그럴 자격이 있습니다. 레드삭스가 이 시기에 야구를 할 수 있는 것도 찬열의 덕분이니까요."

"음……."

"그러니 편안하게 생각하시고 즐기시길 바랍니다. 찬열이도 그걸 원할 거예요."

"알겠습니다."

아버지가 고개를 끄덕였다.

"그럼 전 잠깐 찬열이 좀 보고 오겠습니다."

"예."

스카이 룸을 나선 김영재는 곧장 클럽 하우스로 향했다.

클럽 하우스 안은 취재 열기로 뜨거웠다.

특히 찬열에게 많은 기자가 붙어 있었다.

잠시 후.

인터뷰가 끝나자 김영재가 찬열에게 다가갔다.

"식구들은 모두 스카이 룸에서 경기를 볼 거다."

"그렇군요."

"넌 준비는 다 됐냐?"

"준비 만땅입니다."

"긴장하지 말고, 차분하게 즐겨라. 알았지?"

"예!"

첫 디비전 시리즈다.

하지만 긴장은 없었다.

아니, 오히려 흥분이 됐다.

당장에라도 나가서 공을 때리고 싶었다.

그리고 그 시간이 곧 다가왔다.

"입장입니다!"

직원의 외침에 찬열이 자리에서 일어났다.

* * *

[아메리칸리그 디비전 시리즈가 열리는 이곳은 보스턴 펜 웨이 파크입니다! 오늘 중계를 도와주실 해설위원 허구일 위원님 나오셨습니다.]

[반갑습니다.]

[전 캐스터 성대영입니다.]

화면이 바뀌면서 펜 웨이 파크의 전경이 모습을 드러냈다.

[보스턴 레드삭스 대 뉴욕 양키스의 디비전 시리즈 1차전! 미국은 물론이거니와 한국에서도 큰 관심을 끌고 있습니다.]

[맞습니다. 우리 정찬열 선수가 맹활약을 하면서 전 국민적인 관심이 쏠리고 있다. 이렇게 볼 수 있습니다.]

두 사람의 이야기가 진행되는 동안. 찬열은 가볍게 몸을 움직이며 근육이 굳지 않게 했다. 그사이 식전 행사가 모두 끝났다. 찬열은 마스크를 한 손에 든 채 천천히 캐처 박스로 향했다.

[정찬열 선수! 캐처 박스에 들어섭니다.]

[캬~ 정말 든든합니다!]

캐처 박스에 선 찬열이 그라운드를 바라봤다. 각 포지션에서 캐치볼을 하며 어깨를 푸는 동료들이 한눈에 들어왔다.

'목표는 디비전 시리즈의 승리. 그 첫 발은 오늘 경기의 승리부터다.'

찬열이 마스크를 쓰고 자리에 앉았다.

연습 시간이 모두 끝나고. 타자가 타석으로 걸어왔다.

그리고 구심이 프로텍터를 한 번 들썩이고는 외쳤다.

"플레이볼!"

[경기 시작합니다!]

찬열의 시선이 1번 타자 데릭 지터에게 향했다.

그의 정보가 머리를 어지럽게 만들었다. 하지만 찬열은 빠르게 그의 정보를 요약하며 최고의 초구를 결정했다.

'체인지업, 바깥쪽.'

벅홀츠가 고개를 끄덕였다.

찬열은 바로 다음 사인을 이어서 냈다.

'밀어 치는 타구 주의.'

내야수들이 일제히 고개를 끄덕였다.

마지막으로 미트를 주먹으로 때리며 벅홀츠에게 던져도 된다는 사인을 냈다. 피처 투수판을 밟은 벅홀츠가 호흡을 골랐다.

투수와 타자의 싸움은 공을 던지기 전부터 시작된다.

타자는 투수의 투구 템포를 잡아 거기에 박자를 맞추려 노력한다. 반면에 투수는 타자의 타격 타이밍을 뺏으려고 한다. 그렇기 때문에 공을 던질 때까지의 시간도 무척이나 중요했다. 벅홀츠는 최대한 시간을 끌다 자신만의 타이밍에 공을 뿌렸다. 하지만 노련한 지터는 거기에 딱 맞춰 스윙을 시작했다.

'낮다!'

그러나 배트를 돌리진 않았다.

공이 낮다고 판단한 것이다.

배트를 멈추는 순간 공이 스트라이크존보다 아래쪽을 통과하며 지나갔다.

그때였다.

데릭 지터의 눈이 확인할 수 없는 홈 플레이트 뒤쪽에서 찬열이 빠르고 부드럽게 움직였다. 상체를 움직여 구심의 눈을 가리는 순간 미트를 움직여 공을 잡아 올렸다.

좌르륵-!

"스트라이크!"

그것을 확인하지 못한 구심이 스트라이크 콜을 냈다. 데릭 지터의 험악한 표정이 순간 구심을 향했다. 하지만 1차전부터 심판에게 찍힐 이유는 없었다. 화를 삭인 지터가 다시 타석에 섰다.

찬열이 빠르게 사인을 냈다. 템포를 조절한 것이다. 그 의도를 알아챈 벅홀츠도 투수판을 밟자마자 공을 뿌렸다.

"흡−!"

2구는 커브였다.

지터는 이번에도 공이 낮다고 판단했다.

하지만 이전과 거의 비슷한 코스였다.

'제길!'

어쩔 수 없이 배트를 내밀어야 했다.

방금 전에 같은 코스에 스트라이크를 선언했으니 말이다.

후웅−!

퍽−!

"스트라이크! 투!"

지터의 얼굴이 일그러졌다. 엘리트 타자들은 자신들만의 존이 있다. 그리고 그 안에서 승부를 가져간다.

그런데 처음부터 그 존이 일그러지고 있었다.

'계속 이어지면 좋겠지만…….'

타자가 흥분하면 요리하기는 쉬워진다.

하지만 이런 방법이 계속 통할 리는 없었다.

"잠깐, 장갑 좀 고칠게."

지터가 타석에서 물러나며 말했다. 그러고는 자신의 배팅 장갑을 고쳐 끼며 빠르게 안정을 찾아갔다.

'역시 지터군.'

흥분을 하더라도 순식간에 자신의 페이스를 찾아간다. 저런 모습이야말로 십수 년 동안 메이저리그에서 활약해 온 선수에게서나 나올 수 있는 모습이었다.

지터가 다시 타석에 들어섰을 때.

더 이상 흥분한 모습은 볼 수 없었다.

'상관없지.'

투 스트라이크라는 카운터를 잡은 상황이다.

유리한 건 이쪽이다.

찬열이 다시 사인을 냈다.

'포심, 바깥쪽.'

뒤이어 내야수들에게도 코스를 예고했다.

벅홀츠가 타이밍을 잡아 공을 뿌렸다.

"흡-!"

그의 손을 떠난 공이 매서운 속도로 날아왔다.

그 순간 2루수가 우익수 쪽으로 향했다.

딱-!

지터가 공을 때렸다.

[잘 맞은 타구! 일이루간으로……! 아~ 2루수가 왜 저 위치에 있죠? 공을 포구해서 바로 1루에 던집니다! 아웃! 환상적인 수비가 나

-옵니다!]

원래라면 안타가 됐어야 할 코스다. 하지만 찬열의 오더를 받은 2루수가 위치를 바꾸면서 공을 잡아냈다. 안타를 도둑맞은 지터가 허탈한 표정으로 더그아웃으로 돌아갔다.

"원 아웃! 앞으로 두 개 남았다!"

찬열이 자리에서 일어나 동료들에게 소리쳤다.

* * *

[1회, 세 명의 타자를 훌륭하게 처리한 벅홀츠 선수. 마운드를 내려갑니다.]

[벅홀츠의 컨디션이 매우 좋습니다. 아주 좋아요. 하지만 무엇보다 우리 정찬열 선수의 리드가 좋지 않았냐? 나는 그렇게 생각합니다.]

[그렇군요. 공격에서도 좋은 모습 보여 주었으면 좋겠습니다.]

CC 사바시아가 마운드에 올랐다.

올 시즌 21승을 올리며 사이영급 활약을 펼친 그답게 1회에 좋은 모습을 보여주었다.

하지만 3번 타자인 벨트레에게 안타를 허용하고 말았다.

딱-!

[벨트레! 깔끔한 좌전 안타를 때려냅니다! 주자를 내보내는 데 성공하는 레드삭스! 그리고 타석에는 4번 타자 정찬열 선수가 들어섭니다!]

모든 관중이 일어났다.

올 시즌 80개의 홈런을 때려낸 찬열에게 우레와 같은 박수가 쏟아졌다.

[정말 대단한 환호입니다! 과연 이 환호에 응답을 할 것······!]

그때 예상치 못한 일이 벌어졌다.

타석에 서서 자세를 잡는 찬열을 상대로 포수가 자리에서 일어난 것이다.

그리고 팔을 바깥을 가리켰다.

사바시아는 아무런 불만 없이 초구를 뿌렸다.

퍽—!

"볼!"

[아~ 고의사구가 나옵니다! 양키스 1회부터 고의사구로 정찬열 선수를 내보냅니다!]

네 개의 공이 연달아 존을 완전히 벗어나서 들어왔다.

포스트 시즌 첫 타석.

찬열의 공식 기록은 볼넷으로 기록이 됐다.

첫 타석만이 아니었다.

두 번째, 세 번째 타석에서도 양키스의 투수들은 고의사구로 찬열을 내보냈다.

"제길! 아예 승부를 하지 않겠다는 의미로군!"

퉁—!

프랑코나 감독이 주먹으로 안전 펜스를 내려쳤다. 찬열은 레드삭스 공격력의 절반을 차지하고 있다 해도 과언이 아니다. 그런 찬열과의 승부를 피하는 건 나쁜 방법이 아니다.

정규 시즌에서도 많은 팀이 시도했다.

하지만 포스트 시즌과 정규 시즌은 엄연히 다르다. 장기전인 정규 시즌과 달리 포스트 시즌은 단기전으로 치러진다.

단기전에서 가장 중요한 건 기선제압이다. 첫 경기에서의 승자가 시리즈 전체를 가져갈 확률이 높았다.

'우리 팀에서 양키스에게 가장 강했던 건 정이다. 그런데 고의사구로 아예 공격을 막아버리니…….'

결정타가 터지지 않았다.

오티즈는 흥분했는지 스윙의 궤적이 커졌다.

더블플레이 1개, 삼진 2개가 현재 그의 상태를 말해주고 있었다. 그나마 다행인 건 찬열이 투수를 잘 리드한다는 것이었다. 벅홀츠는 7이닝 무실점 9탈삼진이라는 완벽한 기록을 세우며 마운드에서 내려왔다.

하지만 9회 초.

딱-!

[아-! 큽니다! 우측 담장!! 넘어갑니다! 9회 초에 터진 데릭 지터의 솔로 홈런에 선취점을 내주고 맙니다.]

데릭 지터의 솔로 홈런은 이날 유일한 점수가 되면서 1차전 승리는 양키스가 가져갔다.

* * *

2차전.

양키스는 1차전과 같은 작전을 수행했다.

찬열에게는 고의사구로 승부를 피하고 오티즈를 상대했다.

1차전에서 이미 흥분할 대로 흥분한 오티즈는 이번에도 작전에 말려갔다.

찬열도 나름대로 상황을 타파하기 위해 노력했다.

하지만 견제가 장난이 아니었다.

퍽—!

"세이프!"

[세 번째 견제구입니다. 좀 너무하다는 생각이 드네요.]

찬열의 리드가 조금만 길어져도 투수는 놓치지 않고 견제구를 던졌다. 덕분에 도루 타이밍을 잡을 수 없었다.

게다가 그의 앞에는 대부분 벨트레가 나가 있었다.

주자가 있다 보니 도루는 꿈도 꿀 수 없었다.

벨트레의 좋은 타격감이 오히려 독이 되는 느낌이었다.

결국 2차전도 내주고 말았다.

[레드삭스, 아쉽습니다. 오늘도 1점을 내주면서 경기를 내주고 맙니다.]

레드삭스는 벼랑 끝에 몰렸다.

수많은 사람이 레드삭스의 패배가 확정적이라고 말했다.

그만큼 양키스가 보여준 정찬열 봉쇄법은 분명 효과가 있었다. TV프로그램에서는 두 팀의 디비전 시리즈에 대한 분석을 내놓았다.

[정찬열 봉쇄법은 정규 시즌에서도 많이 보여준 방법이지 않습니까? 하지만 실패했습니다. 그런데 디비전 시리즈에서 통하는 이유가 뭘까요?]

[간단합니다. 중압감의 차이입니다. 디비전 시리즈는 단기전입니다. 또한 시리즈의 결과에 따라 1년 농사가 모두 끝날 수 있습니다. 그러니 선수 개개인이 느끼는 압박감은 대단히 클 수밖에 없죠.]

[그렇군요.]

[정찬열 선수는 배짱이 있습니다. 정규 시즌과 별로 다르지 않은 플레이를 보여준다는 게 그 이유죠. 하지만 다른 선수들은 아닙니다. 그 베테랑인 오티즈조차 상대의 도발에 넘어가 스윙이 커지면서 타격 밸런스가 무너졌습니다.]

[그럼 김 위원님께서는 이번 시리즈의 승자가 누가 될 것이라 보십니까?]

[뉴욕 양키스가 유리하지 않나 싶습니다. 1, 2차전을 선점했고 거기다가 레드삭스는 정찬열 선수를 활용할 수가 없으니까 말이죠.]

[과연 하루 휴식을 얻게 된 레드삭스가 양키스를 상대로 반격을 할 수 있을지, 아니면 무기력하게 디비전 시리즈를 내주고 말지, 결과는 내일 양키스타디움에서 펼쳐지는 디비전 시리즈 3차전에서 결

정이 납니다.]

* * *

뉴욕으로 향하는 비행기 안의 분위기는 무거웠다.

1, 2차전을 연달아 패배한 후유증이다.

위기라는 걸 그 누구보다 잘 알고 있었다.

문제는 딱히 답이 보이지 않는단 점이었다.

'완전히 말렸어.'

찬열은 창밖을 바라보며 생각했다. 야구를 비롯해 모든 승부에서는 기선제압이 무척이나 중요하다.

'최악의 형태로 당하고 말았군.'

양키스는 일종의 도박을 한 것이다. 고의사구 작전은 실패하면 오히려 자신들이 타격을 받게 된다.

하지만 멋지게 성공했다. 그 결과 얻게 된 것이 굉장히 많았다.

'어떻게 하실 생각이지?'

찬열의 시선이 코치들과 함께 회의를 이어가고 있는 프랑코나 감독에게 향했다. 완벽하게 벼랑 끝에 몰린 상황이다.

해결책을 찾지 못하면 레드삭스의 가을은 이렇게 끝나고 말 것이다. 그 사실을 알기에 감독과 코치들은 이동하는 내내 자리에 앉지 못하고 회의를 이어갔다.

* * *

다음 날.

레드삭스의 라인업이 발표됐다. 꽤 많은 변화가 일어났다.

찬열의 타순이 3번으로 조정이 됐고 벨트레가 4번으로 내려갔다. 오티즈는 라인업에서 빠졌으며 2번에 신예인 잭 리치를 넣었다.

'하위 타선도 대부분 콘택트 능력이 좋은 애들로 변경했다.'

상위 타선의 변화만 있는 게 아니었다. 파워는 떨어져도 콘택트가 좋고 발이 빠른 타자들로 라인업을 채웠다.

'팀 컬러를 아예 바꿔 버렸는데?'

레드삭스의 팀 컬러는 한 방을 노리는 것이었다. 중심타선인 벨트레-정찬열-오티즈로 이어지는 거포 군단이 무려 160개에 달하는 홈런을 합작해 냈다. 물론 찬열이 80개의 홈런을 때려냈지만 어쨌든 메이저리그에서도 가장 무서운 중심 타선이었다.

그런데 오티즈를 빼면서 장타력을 낮춘 것이다.

'확실하게 주자를 쌓겠다는 의도다.'

1차전과 2차전에서 레드삭스의 패배 요인은 주자가 나가도 후속타가 터지지 않았다는 점이다.

찬열을 고의사구로 내보내자 너 나 할 거 없이 자신이 해결해야 된다는 마음을 가지고 스윙이 크게 나왔다.

특히 오티즈가 가장 심했다.

프랑코나 감독은 과감하게 팀의 상징이랄 수 있는 오티즈를 빼면서 활로를 찾으려 했다.

'잘 통할까?'

답은 곧 나올 것이다.

양 팀의 운명을 건 대망의 3차전이 열릴 시간이 다가오고 있었다.

* * *

레드삭스의 3차전 선발 투수는 웨이크필드가 올라왔다.

카스티요가 올라올 거라는 예상도 많았지만 아무래도 경험이 많은 웨이크필드로 결정이 났다. 카스티요 역시 불펜에서 대기를 하고 있었다. 웨이크필드가 일찍 무너지면 제2의 선발로서 경기에 나설 예정이었다.

"흡-!"

가볍게 팔을 돌린 웨이크필드의 손에서 공이 나비처럼 날아왔다.

"큭-!"

A-로드의 스윙이 어정쩡하게 나갔다.

코스를 제대로 잡지 못한 탓이다.

후웅-!

결국 배트가 허공을 갈랐다.

퍽-!

"스트라이크! 아웃!"

[3회 말, 연속 안타로 위기를 맞았지만 삼진을 잡아내며 스스로 위기를 벗어나는 웨이크필드입니다!]

웨이크필드는 오늘 경기에서 극강의 모습은 아니었다.

하지만 위기 상황에서 적절한 피칭을 보여주며 점수를 내주지는 않았다.

양키스의 선발 투수 AJ버넷 역시 마찬가지다.

1회, 제이코비의 안타와 찬열의 볼넷으로 위기를 맞이했지만 벨트레를 삼진으로 돌려세웠다.

2회에도 한 개의 안타를 허용했지만 무실점으로 막았다.

[안타는 많이 나오지만 점수는 나지 않네요.]

[아무래도 디비전 시리즈니만큼 양 팀 모두 높은 집중력으로 경기에 임하고 있습니다.]

[하지만 이 흐름대로라면 레드삭스가 어려워지지 않을까요?]

[확실히 디비전 시리즈에서 레드삭스의 불펜은 다소 불안한 모습입니다. 그러니 타선 쪽에서 어떻게든 점수를 내줬으면 좋겠는데요.]

[프랑코나 감독 역시 타선 쪽에 답이 있다고 판단, 오늘 경기의 라인업을 대폭 변경한 거겠죠?]

[그렇습니다. 정찬열 선수를 피할 수 없게 타격 페이스가 좋은 선수라면 신예라도 과감하게 라인업에 넣었습니다. 정석에서 벗어난

기용법이지만 현재까지는 성공으로 보입니다.]

잭 리치를 비롯 오늘 경기의 라인업에 든 선수는 대부분 시즌 막판 좋은 모습을 보여준 이들이다. 그들은 포스트 시즌에서 기회를 잡자 매섭게 방망이를 돌렸다. 문제는 그게 점수로 이어지지 않는단 것이었다.

[오늘 경기는 한 방이 어느 팀에서 터지느냐로 결정이 될 것 같습니다.]

해설위원의 말에 모든 사람이 동의했다.

그 한 방이 홈런임을 모든 사람이 알고 있었다.

과연 두 팀 중 누가 먼저 터뜨릴까?

외줄 묘기를 보는 것처럼 두 팀의 팬들은 긴장 어린 얼굴로 경기를 지켜봤다.

그리고 5회 초.

또 한 번 승부의 추가 레드삭스에게 넘어왔다.

딱-!

[2구를 강타! 우익수 앞에 떨어지는 안타를 만들어냅니다! 그 사이 1루 주자는 2루까지! 하지만 3루는 노리지 못하네요.]

[좋은 선택입니다. 지금은 주자를 쌓아야 될 때예요. 무리해서 3루를 갈 필요는 없습니다.]

잭 리치가 타석에 섰다.

그는 오늘 경기에서 1안타를 때려냈다.

포스트 시즌 공식 첫 안타였다.

'어떻게든 살아 나가자!'

그는 자신이 2번 타순에 들어가게 된 이유를 누구보다 잘 알고 있었다. 기회를 만들어 정에게 연결을 해라.

그게 유일한 임무였다.

대기 타석에서 찬열은 유심히 버넷의 투구를 확인하고 있었다.

'분명 이어줄 거다.'

그는 잭 리치를 믿고 있었다.

짧은 시간이지만 클럽 하우스와 훈련장에서 봐온 잭 리치는 누구보다 열심히 하는 선수였다. 자신의 단점을 보완하기 위해 노력했다. 남들보다 부족함을 인정하면서도 그 갭을 줄이기 위해 남들보다 배는 더 땀을 흘렸다.

'무엇보다 잭은 부담감을 즐길 수 있는 선수다.'

그러지 못했다면 자신의 메이저리그 첫 경기에서 멀티 히트를 때려내지 못했을 것이다.

그리고 찬열의 믿음에 응답하듯 잭 리치는 네 개의 볼을 골라냈다.

퍽—!

"볼! 베이스 온 볼!"

[잭 리치 선수, 볼넷을 얻어냅니다!!]

[매우 좋은 선구안을 가진 선수예요.]

[이로써 주자는 만루!]

"정! 정! 정! 정!"

양키스타디움을 찾은 레드삭스 원정팬들이 일제히 찬열을 연호했다.

"우우우우—!"

반면 양키스 팬들은 야유를 쏟아냈다.

응원과 야유가 공존하는 가운데 찬열이 담담한 얼굴로 배트링을 빼고 타석으로 걸어갔다.

[그리고 타석에는 정찬열 선수가 들어섭니다!!]

주자 만루.

디비전 시리즈에서 처음 겪는 일이다.

찬열은 궁금했다.

과연 만루인 상황에서도 자신을 피할 것인지 말이다.

'배리 본즈가 만루에서 고의사구를 받았었지.'

당시 그 장면은 두고두고 회자될 정도였다.

메이저리그 역사상 만루의 상황에 고의사구를 택한 적은 6번이나 됐다.

가장 최근은 조쉬 해밀턴이 기록했었다.

물론 지금과 두 상황은 매우 다르다. 당시에는 리드를 하고 있던 상황에서 타자를 피한 것이다.

하지만 지금은 동점인 상황.

또한 양키스가 레드삭스를 상대로 만루에서 고의사구를 선택한다? 이는 자존심의 문제였다.

'승부를 해올 거다.'

찬열은 그렇게 판단을 내렸다.

그리고 그 판단은 정확했다.

뻑-!

"스트라이크!"

[정찬열 선수를 상대로 던진 초구! 바깥쪽 낮은 코스를 찌릅니다!]

[고의사구 작전은 아닌 거 같습니다.]

2구 역시 승부를 걸어왔다.

딱-!

[쳤습니다!]

[아~ 아쉽게도 벗어났어요.]

3루 선상을 벗어나는 파울에 관중석에서 탄성이 터져 나왔다.

찬열은 타석에서 물러나 가볍게 배트를 돌렸다.

'이틀이나 제대로 된 스윙을 못 했더니 각도가 무뎌졌다.'

[투 스트라이크로 몰리는 정찬열 선수입니다!]

[이 기회를 살려야 되는데 말이죠.]

찬열이 다시 타석에 섰다.

3구와 4구는 모두 변화구로 들어왔다.

찬열을 유인하겠다는 속셈이었다.

평소라면 그 유인구마저 걷어 올려 담장을 넘겨 버렸을 찬열이다. 하지만 타격감이 무뎌진 상황에서 그런 무리를 할 이유는 없었다.

2볼 2스트라이크.

머리가 가장 아파지는 카운트가 됐다.

찬열은 지금까지 버넷이 던진 공들을 떠올렸다.

'1구와 2구는 모두 포심, 3구는 싱커, 4구는 너클 커브였다.'

버넷의 너클 커브는 마구라고 불릴 정도로 위력이 대단
했다.

'내가 포수라면…….'

다시 한 번 유인구를 택할 것이다.

버넷의 포심 패스트볼 구속은 꾸준히 하락세를 그리고 있
었다. 구속이 떨어진다는 건 힘이 떨어진다는 소리다. 즉, 구
위에도 문제가 있다. 승부구로는 적절하지 않았다.

반면 그의 너클 커브는 여전히 위력적이다.

땅볼을 만들어내기에도 가장 이상적인 구종이었다.

'너클 커브를 노린다.'

찬열이 결정을 내렸다.

타석에 선 그의 눈이 먹이를 노리는 매처럼 빛났다.

사인을 교환한 버넷이 투수판을 밟았다.

그리고 망설이지 않고 공을 뿌렸다.

"흡-!"

큰 포물선을 그리며 공이 날아왔다.

찬열이 시동을 걸었다.

발을 내딛고 밑에서부터 위로 배트를 뻗었다.

딱-!

두 궤적이 하나가 되며 경쾌한 소리를 내뿜었다.

관중석의 모든 이가 자리에서 벌떡 일어났다. 레드삭스 더 그아웃의 선수들 역시 안전 펜스에 몸을 붙이고 타구를 확인했다.

그들의 눈에 좌중간 펜스를 넘어가는 타구가 보였다.

"와아아아아-!"

[넘어갔습니다! 정찬열 선수의 그랜드슬램이 드디어 터집니다!!!]

3차전의 승자는 레드삭스였다. 기사회생이란 말이 딱 어울렸다. 찬열의 홈런이 터지면서 분위기는 완전히 넘어왔다. 클럽 하우스의 분위기가 다시 살아났다.

프랑코나 감독은 4차전에서도 3차전과 같은 라인업으로 승부를 걸었다.

양키스는 정찬열 봉쇄법을 그대로 들고 나왔다.

문제는 기가 살기 시작한 레드삭스 타선이 점점 공격이 터지기 시작했다는 거다.

딱-!

[3구를 강타! 우중간을 가릅니다! 2루 주자 홈인! 1루에 있던 정찬열 선수도 3루를 돕니다! 그사이 공이 홈으로 향합니다!]

찬열은 더욱 속도를 더했다.

홈에 도착한 동료의 손짓을 보고는 슬라이딩 대신 전력질주를 택했다.

탁―!

[들어왔습니다! 역시 빠른 발의 정찬열! 오늘 경기에서도 선취점을 뽑아내는 레드삭스!]

타선이 살아나면서 레드삭스는 쉽게 경기를 풀어나갔다.

오늘 경기에서 찬열은 타석에서 활약을 하지 못 했다. 양키스가 승부를 피했기 때문이다. 하지만 마스크를 쓰고는 이야기가 달라졌다. 신예 카스티요를 안정적으로 리드하면서 5회까지 무실점 경기를 이끌어왔다.

그러나 6회.

위기가 찾아왔다.

퍽―!

"볼! 베이스 온 볼!"

구심의 손이 1루를 가리켰다.

[안타에 이어 볼넷을 주고 마는 카스티요! 6회, 1사를 잘 잡아놓고 주자 두 명을 내보내는 위기를 맞습니다!]

[안타 이후 제구가 급격하게 흔들리네요. 경험이 부족한 게 여기서 드러납니다. 아마도 여기서 투수를 바꾸지 않을까 싶습니다.]

프랑코나 감독은 고민 중이었다.

2점을 리드하고 있는 상황.

투수 교체를 가져가서 뒷문을 잠근다면 최종전까지 끌고

갈 수 있다. 하지만 카스티요를 이런 상황에서 내리는 건 실도 있었다. 카스티요는 기분파다. 기분에 따라서 투구의 내용이 달라진다. 만약 지금 내린다면 다음번 등판에서 부진할 가능성이 컸다.

정규 시즌에서도 그런 모습을 자주 보여줬으니 말이다.

'하지만……'

야구에는 흐름이라는 게 있다.

지금까지는 레드삭스가 흐름을 쥐고 있었다. 그러나 지금은 위기였다.

만약 여기서 점수를 내준다면 흐름이 넘어가면서 경기의 양상이 어떻게 변할지 예측이 불가능했다.

감독은 여러 가지 변수를 생각해야 했다. 다른 이들이 보기에는 당연한 선택도 미래를 보고 결정을 내린다. 그랬기에 프랑코나 감독의 머리가 복잡해졌다.

그때였다.

캐처 박스에서 자신의 가슴에 손을 올리는 찬열의 모습이 보였다. 저 제스처가 뜻하는 건 간단하다. 내가 리드를 잘못했다. 그런 의미였다.

제스처를 본 카스티요의 얼굴에 자책감이 조금씩 사라져 갔다. 카스티요는 어리다. 경험도 많지 않았다. 이런 순간이 오면 자책을 한다. 올 시즌 호흡을 맞춰온 찬열은 그 사실을 깨닫고 먼저 자신의 탓으로 돌린 것이다.

포수로서의 덕목을 그대로 보여준 것이다.

'역시…….'

프랑코나 감독은 다시 한 번 찬열에게 감탄했다.

세간에서는 가장 돋보이는 타격 기록으로 찬열을 판단하고 있었다. 하지만 프랑코나 감독의 생각은 달랐다.

찬열에게 가장 뛰어난 점은 다른 선수를 포용할 수 있는 리더십이었다. 포수는 투수들을 타일러야 했다. 자신이 성적이 더 좋다고, 경력이 더 많다고 해서 투수를 끌고 가려 하면 언젠가는 트러블이 생기게 마련이었다. 그렇기 때문에 포수들 중에는 뛰어난 지도자가 태어나는 케이스가 많았다. 선수 시절부터 다른 선수를 포용할 수 있기 때문이다.

찬열의 저런 모습을 보니 믿음이 생겼다.

'한 점…….'

마지노선을 정했다.

프랑코나 감독은 무게감 있게 그라운드를 주시했다.

'바꾸지 않을 생각이군.'

그런 감독의 모습을 확인한 찬열이 생각했다.

카스티요는 아직 여력이 있다. 하지만 안타를 맞으며 멘탈이 흔들렸다. 그 영향으로 제구력이 일시적으로 흔들린 것이다.

'2루에 발이 빠른 주자가 있는 게 조금 걸리지만.'

쉽게 달리지는 못할 거다. 자신의 어깨를 잘 알고 있을 테니 말이다. 올 시즌 찬열의 도루 저지율은 무려 63퍼센트를 기록 중이었다. 10번 중 6번의 도루를 잡아낸다는 소리다. 이는 올 시즌 메이저리그 양대 리그를 통틀어 최고의 수치였다.

'초구, 포심.'

제구가 흔들리는 카스티요에게 변화구를 요구하는 건 멍청한 짓이었다.

카스티요 역시 그것을 아는지 바로 고개를 끄덕였다.

투수판을 밟은 그가 초구를 뿌렸다.

"흡─!"

쐐액─!

퍽─!

"볼."

[1사 1, 2루에서 카스티요 선수 볼을 던집니다. 레드삭스 더그아웃은 아직 교체할 의사가 없어 보입니다.]

[다소 의외의 선택입니다.]

퍽─!

"스트라이크!"

[2구는 스트라이크입니다. 조금 높게 들어왔습니다.]

[이건 놓친 거 같네요. 아마 변화구를 생각했나 봅니다. 하지만 카스티요 선수는 지금 변화구를 던질 수 있는 상황이 아닙니다. 포심 하나만 노려야 돼요.]

딱─!

"파울!"

[3구는 파울입니다. 유리한 카운트를 잡아내는 카스티요 선수!]

[아직 공의 구위는 살아 있습니다. 여기가 승부수입니다. 변화구 타이밍에 과연 카스티요 선수가 변화구를 던질 수 있을지 궁금하네요.]

찬열의 손가락이 바쁘게 움직였다.

'고속 슬라이더.'

카스티요의 주 무기 중 하나다.

80마일 후반에 달하는 슬라이더.

각이 크진 않지만 던지는 폼이 일반 슬라이더와 달라 정확히 타격하기 어렵다. 카스티요가 투수판을 밟고 공을 뿌렸다.

"차앗!"

공이 그의 손을 떠나는 순간.

"고!"

1루와 2루 주자가 일제히 달렸다. 히트 앤 런이다.

승부수를 건 것이다. 한데 더 심각한 일이 벌어졌다.

'낮아!'

공이 낮게 날아오고 있었다. 게다가 변화가 생겨 점점 지면으로 떨어졌다.

퍽-!

흥-!

타자의 배트가 돌았다. 히트 앤 런이었기에 어떻게든 공을 맞추려 했다. 하지만 공이 이상한 방향으로 꺾인 탓에 타격에 실패했다. 그러나 찬열의 눈에는 들어오지 않았다.

공이 홈 플레이트를 맞고 왼쪽으로 튕겨져 나갔다.

찬열은 다리를 뻗어 뒤로 흘러나가는 공을 막았다.

퍽-!

보호구에 맞은 공이 공중으로 떠올랐다. 정신을 집중한 찬열의 눈에 공, 그리고 3루로 뛰어가는 주자가 보였다.

절반을 막 지나는 시점이었다.

'잡을 수 있다.'

하지만 시간을 줄여야 했다. 정상적으로 포구를 해서 공을 뿌리면 늦는다. 찬열이 자리에서 일어나며 공중에 떠오른 공을 그대로 잡았다.

촤아악-!

왼발로 몸을 지탱했다. 상체가 활처럼 휘어지면서 모든 힘을 집중시켰다.

"흐아앗-!"

괴성에 가까운 기합 소리가 터져 나왔다.

쐐액-!

팔을 채찍처럼 휘둘렀다.

그의 손을 떠난 공이 3루로 날아갔다.

퍽-!

순식간에 공이 글러브에 꽂혔다.

3루수가 그대로 글러브를 밑으로 내리며 슬라이딩을 하는 주자의 어깨를 때렸다.

퍽-!

모든 사람의 시선이 3루심에게로 향했다.

3루심이 자세를 잡더니 주먹을 앞으로 뻗었다.

"아웃!"

[아웃입니다! 아웃! 환상적인 수비로 주자를 잡아내는 정찬열 선수!]

그때 찬열이 구심을 바라봤다. 구심이 타자를 손가락으로 가리키더니 주먹을 불끈 쥐었다.

"아웃!"

[아아! 쓰리아웃이 됩니다! 스윙이 인정되면서 삼진! 그리고 3루로 뛰어가던 주자가 잡히면서 쓰리아웃이 완성되었습니다!]

[아~ 정말 멋진 송구였어요. 히트 앤 런이었는데도 주자를 잡아냈습니다. 만약 공을 포구하거나 더듬었으면 세이프가 됐을 거예요.]

[다시 한 번 보시죠!!]

느린 화면이 이어졌다. 그사이 찬열은 동료들의 환대를 받으며 더그아웃으로 향했다.

"땡큐! 정!"

특히 카스티요가 무척이나 기뻐했다.

만약 공이 빠지거나 히트 앤 런이 되었다면 점수를 내줬을지도 모르는 상황이다. 찬열은 그런 카스티요의 엉덩이를 툭 치며 말했다.

"나이스 피칭."

이날, 찬열은 하나의 안타도 추가하지 못했다.

하지만 도루를 두 개나 저지하며 완벽하게 안방마님의 역할을 해냈다.

* * *

2승을 먼저 챙긴 양키스.

하지만 2연승을 가져온 레드삭스가 기세에서 한발 더 앞섰다. 특히 고의사구라는 굴욕적인 작전까지 내세우면서 찬열을 봉쇄하려고 했던 양키스는 연달아 패배를 당하자 정신적으로 타격을 많이 받았다. 결국 펜 웨이 파크로 다시 돌아간 양키스의 사기는 많이 떨어져 있었다.

반면 레드삭스의 사기는 하늘을 찔렀다.

[시리즈 최종전! 3회, 1사 1, 2루의 찬스에 정찬열 선수가 타석에 들어섭니다!]

[첫 타석에도 고의사구로 정찬열 선수를 걸렀던 양키스인데요. 과연 이번 타석에서는 어떻게 할지 궁금합니다.]

양키스는 작전을 그대로 가져갔다.

3차전에서의 그랜드슬램이 그만큼 양키스에게 공포로 각인이 됐기 때문이다.

퍽-!

"볼! 베이스 온 볼!"

[결국 만루의 상황을 선택하는 양키스입니다.]

[아, 여기서 프랑코나 감독이 나오네요. 대타인 거 같습니다.]

구심에게 다가간 프랑코나 감독이 교체 의사를 전했다.

그리고 더그아웃에서 한 남자가 나왔다.

"와아아아아!"

순간 펜 웨이 파크가 떠내려갈 것 같은 함성이 터져 나왔다.

[대단한 환호성입니다! 대함성을 받으며 타석으로 걸어 나오는
선수는! 레드삭스의 심장! 빅 파피, 데이빗 오티즈입니다!]

[4차전에서는 선발 명단에서 빠지는 굴욕을 당했는데요. 과연
절호의 찬스를 잡은 오늘 경기에서 어떤 모습을 보여줄지 기대됩
니다.]

오티즈가 타석에 섰다.

그는 동료들에게 미안한 감정을 가지고 있었다.

팀의 최고참으로서 자존심 때문에 중요한 순간을 해결해
주지 못한 게 말이다.

픽—!

"스트라이크!"

[초구를 그냥 보내는 오티즈!]

[쳐도 땅볼이 될 가능성이 높은 코스였어요. 좋은 선택입니다.]

오티즈는 침착하게 자신의 공을 기다렸다.

부담감은 없었다. 자존심이 상하는 것도 없었다. 그의 머

릿속에는 오직 자신의 스윙을 하자는 마음가짐밖에는 들어
있지 않았다.

퍽-!

"볼!"

2구는 볼이 들어왔다.

오티즈는 타석에서 물러나 장갑을 고쳐 꼈다. 그때 1루에
있던 찬열과 눈이 마주쳤다. 그가 웃으며 손가락으로 그린
몬스터를 가리켰다. 그리고 넘기라는 제스처를 취했다.

'크크, 하여간 재밌는 녀석이라니까.'

이런 상황에 오히려 부담감을 줄 수도 있는 행동을 하다
니? 하지만 오티즈의 성격을 잘 알기에 나올 수 있는 행동이
었다.

찬스에 강한 남자. 그게 바로 데이빗 오티즈였다.

다시 타석에 선 오티즈가 가볍게 배트를 돌렸다.

"흡-!"

투수가 공을 뿌렸다.

낮게 날아오는 포심 패스트볼.

기다리던 먹이를 발견한 맹수처럼 오티즈의 배트가 매섭
게 돌아갔다.

후웅-!

따악-!

[오티즈, **쳤습니다!!**]

[아아! 이건 큽니다!!]

1루로 달려가는 오티즈의 시선이 그린 몬스터로 향했다.

타구가 그린 몬스터를 넘는 순간.

"와아아아아!"

관중석에서 환호성이 터져 나왔다.

"우오오오오!"

[마치 화이트삭스와의 경기에서 끝내기 홈런을 쳤을 때를 보는 것 같습니다! 베이스를 돌며 포효하는 오티즈에게 박수 세례가 쏟아집니다!!]

부활의 그랜드슬램이 터졌다.

* * *

[9회 초, 2사 주자 없는 상황에 투 스트라이크 투 볼입니다.]

[A-로드 선수가 끈질기게 물고 늘어지네요.]

3구 연속으로 파울을 만들어냈다. 버티기 모드로 들어간 것이다. 찬열은 그런 A-로드를 바라보다 사인을 냈다. 고개를 끄덕인 투수가 투수판을 밟았다.

[8구, 던집니다.]

"흡-!"

공을 뿌렸다.

낮게 깔려오는 공을 본 A-로드가 자세를 풀었다.

'낮아.'

그려 놓은 존보다 코스가 낮았다.

그때였다. 찬열이 상체를 세우며 미트의 웹으로 공을 캐치했다. 동시에 손목을 비틀며 미트를 끌어 올렸다.

좌아아악−!

"스트라이크! 아웃!"

[아아아! 삼진입니다! 스탠딩 삼진을 당하는 A-로드!]

[낮게 봤는데 구심이 삼진을 선언합니다!]

[항의하는 A-로드! 하지만 정찬열 선수는 마운드 위에서 동료들과 승리를 자축합니다!]

완벽한 속임수였다.

하지만 구심의 판정은 바뀔 리 없었다.

결국 A-로드는 자신의 패배를 인정해야 했다.

[보스턴 레드삭스 3승 2패로 뉴욕 양키스를 누르고 챔피언십 시리즈에 진출합니다!!]

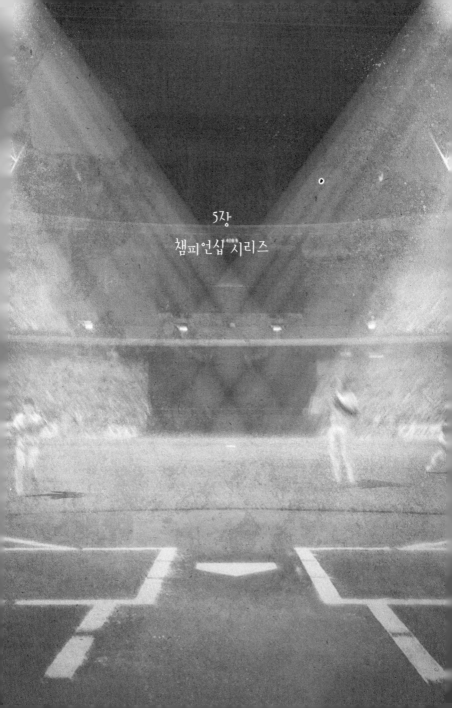

5장

챔피언십 시리즈

챔피언십 시리즈의 상대는 텍사스 레인저스가 됐다.

텍사스 역시 템파베이를 상대하며 최종전까지 가는 접전을 벌였다. 여기까지는 보스턴과 똑같다. 하지만 다른 점이 있었다. 바로 연장전을 치렀다는 점이다.

텍사스와 템파베이의 디비전 시리즈는 말 그대로 혈전이었다. 5경기를 치르면서 3번이나 연장전을 치렀다. 과부하가 걸린 건 당연했다. 반면 보스턴은 최종전까지 치르긴 했지만 로테이션이 잘 돌아갔다. 특히 마운드는 과부하가 걸리지 않았다.

이 차이는 매우 크게 드러났다.

딱—!

[오티즈, 삼구를 강타! 우중간 펜스를 다이렉트로 때립니다! 그 사이 2루 주자 홈인! 정찬열 선수도 3루를 돌아 홈으로 파고듭니다!

들어왔습니다!]

[멋진 스윙이었어요.]

[2타점 2루타를 기록하는 데이빗 오티즈입니다!]

[양키스와의 마지막 경기에서 때려낸 그랜드 슬램 이후 완벽하게 살아난 모습입니다.]

양키스와 마찬가지로 텍사스는 찬열을 피했다.

그리고 오티즈를 상대했다. 하지만 최악의 선택이 되었다.

오티즈는 벼락같은 스윙으로 단숨에 선취점을 뽑아냈다.

이런 장면은 한 번으로 끝나지 않았다.

세 번째 타석에서도 텍사스는 찬열을 거르는 선택을 했다.

그러나.

딱—!

[아아! 큽니다!]

[넘어갔어요!]

마치 시위를 하듯 오티즈는 타구를 우중간으로 넘겨 버렸다. 그리고 이 점수는 쐐기점이 되었다.

[보스턴 레드삭스! 1차전을 먼저 가져옵니다!]

빅 파피가 완벽하게 부활했다.

＊ ＊ ＊

데이빗 오티즈의 부활은 단순히 거포 한 명의 부활을 의미하는 게 아니었다. 더 이상 상대팀이 찬열을 피할 수 없다는 걸 의미한다.

실제로 텍사스는 2차전에서도 찬열을 한 번 피했다가 오티즈에게 일격을 당했다. 그것도 역전을 당하는 점수를 내주었다. 이 점수는 또다시 결승점이 되면서 오티즈의 기세를 완전히 올려주었다.

"우하하하!"

클럽 하우스에 오티즈의 웃음소리가 울려 퍼졌다.

그동안 마음고생이 심했던 만큼 그의 기분은 그 어느 때보다 좋았다. 기자들 역시 그의 부활을 축하했다.

"이야~ 역시 오티즈가 부활을 하니까 타선이 살아난다니까."

"그러게 말이야. 이제 더 이상 텍사스도 정을 피하지 못할 거야."

"정도 정말 대단해. 3번으로 타순을 변경해도 여전히 좋은 활약을 보여주다니."

메이저리그에서는 3번 타자를 우선으로 생각한다.

하지만 찬열은 한국에서 꾸준히 4번 타자로 기용이 되어 왔었다.

문화적 차이였다.

이런 사실을 프랑코나 감독은 알고 있었고 찬열이 주전자리를 꿰찬 이후 그의 타순을 변경하지 않았다. 부담을 주지 않게 하기 위해서다. 올 시즌에는 타순의 변경을 가져갈까도 생각했었다.

하지만 찬열이 워낙 좋은 성적을 내면서 기회를 놓치고 말았다. 타순을 변화시켰다가 괜히 성적이 떨어질 수 있기에 프랑코나 감독이 보이지 않는 배려를 해주었다.

하지만 포스트 시즌에서는 그럴 수 없었다. 찬열의 화력이 반드시 필요했기에 3번으로 변경했다. 걱정과 달리 찬열은 매우 좋은 성적을 내고 있었다. 상대가 피하면 기다렸고 덤벼들면 장타를 펑펑 때려냈다. 이런 선수가 보스턴에 있다는 건 기자들 역시 즐거운 일이었다.

"내년에는 어떻게 될까?"

기자들 중 한 명이 조심스레 말했다.

누구 하나 그 질문에 답을 하지 못했다.

클럽 하우스에 출입할 수 있는 기자의 숫자는 많지 않다. 구단의 허락이 있어야 하기 때문이다. 즉, 클럽 하우스에 출입하는 기자들은 구단의 정보에 가까울 수밖에 없었다. 하지만 여기 있는 그 누구도 찬열의 재계약에 대해 듣지 못했다.

정보가 없는 상황.

이런 상황에서 함부로 이야기를 꺼낼 수 없었다.

낮말은 새가 듣고 밤 말은 쥐가 듣기 때문이다.

"궁금하긴 하네."

사실 그들 역시 궁금했다.

과연 찬열이 레드삭스에 남을 것인지. 만약 다른 구단에 간다면 얼마나 큰 금액을 받을지 말이다.

* * *

챔피언십 3차전.

무대는 텍사스의 홈구장인 글로브 라이프 파크로 옮겼다.

[시리즈 전적 2 대 0! 레드삭스가 압도적으로 유리한 상황에서 레드삭스 3점을 리드하고 있는 상황! 9회 말, 마운드에는 마무리 파펠본이 올라옵니다!]

[정규 시즌에서는 블론세이브가 많아지면서 우려를 자아냈지만 포스트 시즌에서는 좋은 모습을 보여주고 있는 파펠본 선수입니다.]

"흡ㅡ!"

퍽ㅡ!

"스트라이크!"

[초구, 스트라이크를 잡아냅니다. 오늘 경기에서 승리를 하면 레드삭스는 3승을 챙기면서 월드 시리즈에 한 발 더 다가서게 됩니다!]

"차앗ㅡ!"

후웅ㅡ!

퍽ㅡ!

"스트라이크! 투!"

[2구는 슬라이더! 배트가 허공을 가릅니다!]

[정찬열 선수의 리드가 아주 좋아요. 적절하게 볼 배합을 하면서 상대 타자를 농락하고 있습니다!]

찬열의 손가락이 현란하게 움직였다. 그의 손이 움직이는 건 단순히 투수를 리드하는 것만이 아니었다. 그라운드에 있는 모든 선수가 그의 사인을 받았다.

퍽ㅡ!

"볼!"

[3구는 볼입니다. 타자가 움찔할 정도로 좋은 코스로 들어왔습니다.]

[스트라이크가 선언이 됐어도 좋을 코스였습니다.]

찬열은 일부러 프레이밍을 하지 않았다.

오늘 구심의 스트라이크존은 미트의 위치가 아니라 공이 들어오는 방향을 보기 때문이다.

또한 눈을 속이는 것도 쉽지 않았다.

경기 초반 세 번이나 시도를 했지만 모두 실패했다.

이럴 때는 굳이 할 필요가 없었다.

'이제 미끼를 물어라.'

찬열의 손가락이 빠르게 움직였다.

방금 전 공은 타자의 눈을 현혹시키기 위한 떡밥이었다.

'스플리터.'

찬열의 사인이 떨어졌다.

"차앗—!"

파펠본이 기합과 함께 공을 뿌렸다.

포심의 궤적을 그리며 날아오던 공이 뚝 떨어졌다.

후웅—!

포심을 노리던 배트가 허공을 갈랐다.

퍽—!

"스트라이크! 아웃!"

[헛스윙 삼진! 스플리터로 원아웃을 잡아내는 파펠본!]

파펠본은 이후 두 타자 역시 삼진으로 돌려세우며 완벽하게 뒷문을 틀어막았다.

[3연승을 기록하며 월드 시리즈까지 단 1승을 남겨둔 레드삭스입니다!]

* * *

[메이저리그 보스턴 레드삭스에서 활약 중인 정찬열 선수가 챔피언 시리즈 4번째 경기에서 3점 홈런을 포함, 2타수 2안타 1홈런 5타점을 쓸어 담으며 맹활약을 했습니다. 첫 타석에서부터 3점 홈런을 기록한 정찬열 선수는 두 번째 타석에서 두 명의 주자를 모두 불러들이는 2루타를 기록, 일찌감치 팀의 승리를 결정지었습니다. 레드삭스는 정찬열 선수를 포함, 대부분의 주전 선수를 교체하면서 월드 시리즈를 대비하는 모습을 보여주었습니다. 정찬열 선수의 활약

에 힘입어 레드삭스는 레인저스를 누르고 월드 시리즈 진출을 확정 지었습니다.]

원정 경기였기에 레드삭스 팀원들은 클럽 하우스에서 단출하게 월드 시리즈 진출을 자축했다.

하지만 호텔에 돌아왔을 때는 달랐다.

"월드 시리즈 진출을 축하하며!"

오티즈의 외침과 동시에 선수단이 일제히 샴페인을 들이켰다. 찬열의 손에도 샴페인잔이 들려 있었다.

평소 술을 멀리하는 그였지만 오늘 같은 날에는 마실 수밖에 없었다.

"하―!"

샴페인의 톡 쏘는 느낌이 좋았다.

선수들은 너 나 할 것 없이 즐거워하면서 월드 시리즈 진출을 축하했다.

찬열 역시 감회가 새로웠다. 설마 메이저리그 최고의 무대인 월드 시리즈에 자신이 갈 수 있을지는 몰랐다.

'하긴 메이저리그 무대에도 오르지 못했었는데.'

그런 찬열에게 월드 시리즈는 말 그대로 꿈의 무대였다.

이제 며칠 뒤에는 그곳에 오를 수 있다.

"헤이!"

그때 누군가 어깨에 손을 둘렀다.

고개를 돌리니 오티즈가 서있었다.

"맛있게 먹고 있어?"

오티즈의 질문에 찬열이 샴페인잔을 가볍게 흔들었다.

두 사람은 이런저런 대화를 나누었다.

찬열을 거르고 자신을 선택했을 때 화가 났다는 이야기부터 시작해서 월드 시리즈에서는 내가 먼저 홈런을 치겠다는 이야기까지. 그러다 일상적인 이야기로 주제가 넘어갔다.

"한국에서도 이런 성적을 매년 올렸던 거야?"

"아니, 사실 올해가 처음이야. 한국에서 60홈런까지는 때린 적이 있지만 80홈런은 처음이네."

"그럼 너도 메이저리그 스타일인가 보네! 참, 한국은 어떤 나라야?"

"좋은 나라야."

오티즈가 먼저 이야기를 꺼내자 찬열도 이런저런 대답을 하며 즐거운 한때를 보냈다.

* * *

다음 날.

전용기를 타고 찬열은 보스턴에 내렸다.

공항에 도착하자 선수들의 가족들이 단체로 마중을 나와 있었다. 찬열 역시 마중 나온 부모님과 친척들, 그리고 안젤라와 함께 해후의 시간을 보냈다.

"고생했다."

꼭 안아주며 말해주는 아버지를 찬열도 안았다.

"우리 아들, 정말 장해. 엄마는 정말 기쁘다."

"형! 월드 시리즈 진출 축하해!"

"찬열아, 축하한다!"

"조카가 이렇게 대단한 사람이 되다니, 정말 정말 뿌듯하다."

가족들이 한마디씩 해주었다.

찬열은 그런 가족들과 일일이 포옹을 하며 감사의 인사를 했다. 안젤라 역시 찬열의 품에 안기며 월드 시리즈 진출을 축하해 주었다. 어머니는 그런 안젤라를 흐뭇한 얼굴로 바라보셨다.

'점수 좀 땄나 보네.'

자신이 원정 경기를 가기 전보다 더 친해진 모습이었다.

그때 현성이 다가왔다.

"형!"

"응?"

"나, 오티즈 선수 사인 좀 받아줄 수 있어?"

"물론이지."

찬열이 고개를 끄덕이자 다른 두 녀석도 다가왔다.

"나도! 나는 파펠본!"

"나는 벨트레 선수 거!"

친구들에게 부탁을 받았는지 한두 장이 아니었다. 약간 민망하긴 했지만 다행히도 두 사람이 웃으며 사인을 해준 덕분에 어깨를 펼 수 있었다.

"근데 내 사인은 필요 없냐?"

"당연히 필요하지! 이미 호텔에 종이 준비해 뒀어!"

기다렸다는 듯 당당하게 말하는 현성을 보며 고개를 저었다.

＊ ＊ ＊

내셔널리그는 한창 경기가 진행 중이었다.

필라델피아와 샌프란시스코의 대결.

그 승자가 레드삭스와 붙게 된다.

'두 팀이 혈전을 벌인 덕분에 우리는 더 쉴 수 있게 됐어.'

레드삭스는 일찌감치 시리즈를 끝냈다. 덕분에 마음 편히 상대를 기다릴 수 있었다. 챔피언십 시리즈와 비슷한 모습이었다.

'하늘이 돕고 있는 거 같아.'

호텔방에서 창밖을 바라보는 찬열의 눈에 보스턴 시내가 들어왔다. 모든 것이 완벽했다.

마치 하늘에서 '너 우승해'라고 말하는 것 같았다.

'이대로 우승까지 가자.'

꿈에도 그리던 월드 시리즈가 코앞으로 다가왔다. 찬열은 두근거리는 가슴을 애써 진정시키며 경기를 기다렸다.

다시 하루가 지났다.

두 팀의 경기가 끝나지 않았다.

휴식이 길어지자 오히려 마음이 뒤숭숭해졌다. 외우다시피한 두 팀의 데이터를 다시 봤다. 하지만 눈에 들어오지 않았다. 마음은 이미 월드 시리즈에 가 있는데 외우고 있는 정보가 눈에 들어올 리 없었다.

'차라리 경기를 하는 게 덜 힘들겠어.'

운동이라도 할까 싶었지만 포기했다.

기분이 뒤숭숭할 때 하는 훈련은 부상의 위험이 있었다.

큰 대회를 앞두고 부상을 당하는 건 한 번이면 족했다.

"후우-!"

답답함에 침대에서 일어났다. 가만히 있다가는 미쳐 버릴 지경이었다. 산책이라도 해야 될 것 같았다.

최대한 얼굴을 가리고 호텔 방을 막 나서려는 순간.

딩동-!

벨이 울렸다.

인터폰으로 확인하니 안젤라가 서 있었다.

"잠깐만."

객실의 문을 열자 미소를 머금고 있는 안젤라가 보였다.

"응? 어디 나가려고?"

"답답해서 바람 좀 쐬러 갈 생각이었어."

"안 돼! 찬열이 얼마나 유명인인데?! 혼자 나가면 아마 10피트도 못 가서 붙잡힐걸?"

"하아……."

몰랐던 건 아니다. 보스턴에서 찬열은 최고 인기 스타다.

주지사는 몰라도 찬열은 안다는 이야기가 나올 정도다.

실제로 가족들과 시간을 보내기 위해 호텔을 나섰다가 택시를 타기도 전에 팬들에게 잡혔던 게 떠오른다.

정규 시즌 중이라면 이 정도까지는 아니다.

하지만 월드 시리즈를 앞두고 있기에 이야기는 달라질 수밖에 없었다. 실망감에 사로잡혀 있을 때.

안젤라가 뒤에 숨기고 있던 두 팔을 앞으로 뻗었다.

"나가지 말고 영화 보자!"

"영화?"

그녀의 손에는 '노트북'이라는 영화의 DVD가 들려 있었다. 딱히 할 일도 없었기에 찬열은 고개를 끄덕였다.

"기다리고 있어! 내가 준비하고 올게!"

준비라는 말에 순간 의아했지만 곧 안젤라가 가져온 팝콘과 음료수를 보고는 피식 웃었다.

'어디를 가든 영화에 팝콘은 진리네.'

두 사람은 소파에 앉아 영화를 감상했다.

노트북은 멜로 영화다. 한눈에 반한 두 사람이 신분의 차이와 갖은 고난을 이겨 내고 결국 결혼을 한다는 스토리다.

'평범하네.'

중간까지는 그렇게 생각했다.

하지만 클라이맥스가 가까워지자 찬열은 자신도 모르게 눈가가 뜨거워지는 걸 느꼈다.

"흑…… 흡!"

옆에서 들려오는 소리에 고개를 돌렸다.

거기에는 눈물을 흘리며 억지로 입을 막고 있는 안젤라가 보였다.

처음 보는 모습이다. 그녀는 언제나 활달하고 강인한 모습을 보여주었다. 특히 프로페셔널한 모습을 자주 봤다.

그렇기에 저런 여린 모습을 보자 색다르게 다가왔다. 처음으로 그녀를 보호해 주고 싶다는 생각이 들었다.

그리고 또 하나. 함께하고 싶다는 생각도 말이다.

거기까지 생각이 미치자 찬열의 얼굴이 그녀의 얼굴 위로 겹쳐졌다. 갑작스런 키스에 안젤라가 놀란 눈을 떴다.

하지만 이내 그녀 역시 눈을 감고 양팔로 찬열의 목을 감쌌다. 영화는 끝나고 엔딩 크레딧이 올라갈 때 두 사람의 실루엣이 겹쳐지고 있었다.

* * *

다음 날.

달그락거리는 소리에 눈을 뜬 찬열이 옆을 바라봤다.

분명 있어야 될 사람이 보이지 않았다.

하지만 그녀의 흔적이라 할 수 있는 것들이 그대로 있었다. 가운을 챙겨 입고 방을 나서자 좋은 냄새가 풍겨왔다.

격렬한 밤을 보낸 찬열의 배가 요동을 쳤다. 주방에 들어서자 어제 찬열이 입었던 티셔츠만 걸친 채 맨다리를 드러낸 안젤라가 보였다.

뭐가 그리 좋은지 콧노래를 부르며 베이컨을 굽는 그녀의 뒷모습이 그를 자극했다. 어떻게 보면 남자의 로망이랄 수 있는 풍경이다.

아침에, 긴 생머리를 늘어뜨린 사랑하는 여자가 자신의 티셔츠를 입고 다리를 훤히 드러낸 모습은 말이다. 찬열이 조심스레 다가가 안젤라를 뒤에서 안았다.

"일어났……?"

밑에서 느껴지는 딱딱한 감촉에 안젤라가 고개를 돌렸다.

놀란 토끼처럼 눈이 동그랗게 커진 그녀가 물었다.

"새벽까지 해놓고 또?!"

"안젤라를 보니까 이러네."

찬열의 말이 싫지 않은 듯 안젤라가 몸을 돌려 목에 팔을 둘렀다.

쪽-!

가벼운 입맞춤을 하자 찬열이 고개를 내밀어 그녀의 입술을 탐하려 했다. 하지만 안젤라가 몸을 뒤로 뺐다.

"밥부터 먹고 하자. 응?"

"괜찮……."

다가가며 대답하려는 순간.

딩동-!

객실을 울리는 초인종 소리에 찬열의 움직임이 멈췄다.

"잠깐만."

인터폰으로 걸어간 찬열이 밖을 확인했다.

부모님이 서 있었다.

어제 관광을 갔었다가 밤에 돌아온 부모님이다.

꽤 늦은 시간이었기에 전화를 통해 안부 인사만 하고 안젤라와 시간을 보냈다.

"누구야?"

어느새 주방에서 나온 안젤라가 물었다.

그녀의 얼굴을 본 찬열이 웃으며 대답했다.

"부모님이야. 옷 입자."

찬열은 당황하지 않았다.

애들도 아닌 이상 굳이 당황할 필요가 없었다.

"잠시만요. 옷 좀 갈아입고 문 열게요."

[그래.]

인터폰을 통해 이야기를 하고는 안젤라와 함께 옷을 갈아
입었다. 그리고는 현관에 나란히 섰다.

"열게."

"응!"

해맑은 미소와 함께 고개를 끄덕이는 그녀의 모습에 찬열
이 문을 열었다.

딸칵-!

문이 열렸다.

찬열의 앞에는 아버지가 안젤라의 앞에는 어머니가 서 있
었다. 혼자 있을 줄 알았던 아들이 안젤라와 같이 있는 모습
에 두 분의 얼굴에 당혹감이 나타났다.

"일찍…… 왔네?"

어머니가 혹시나 하는 마음으로 물었다.

찬열이 굳이 통역을 해줄 필요는 없었다. 이 정도의 한국
어는 안젤라도 알고 있으니 말이다. 하지만 그녀가 대답하기
전에 찬열이 입을 열었다.

"온 게 아니라 어제부터 같이 있었어요."

당돌한 대답에 아버지가 민망하신 듯 헛기침을 하셨다.

어머니 역시 놀란 표정이 나타났지만 이내 웃으며 안젤라
의 손을 꼭 잡았다.

"우리 아들 잘 부탁해요."

이번에는 찬열이 놀랐다. 설마 이런 반응을 보이실 줄은 꿈에도 몰랐기 때문이다. 그러다 어머니의 시선을 받고 정신을 차렸다. 번역을 해달란 말이었다.

"아…… 그러니까."

"괜찮아. 이해했어."

안젤라가 영어로 대답했다. 그리고는 어머니의 품에 안기며 입을 달싹였다. 워낙 작은 소리였기에 곁에 있는 찬열도 듣기 어려웠다. 하지만 어머니의 입가에 미소가 그려지는 걸 보고는 이내 찬열도 웃었다.

* * *

월드 시리즈 상대가 정해졌다.

"샌프란시스코 자이언츠."

서부 지구의 강자들 중 하나다.

팀 린스컴, 맷 케인, 범가너 등 출중한 투수를 다수 보유하고 있는 팀이다. 타격 쪽에서도 버스터 포지라는 내셔널리그 최강의 포수를 시작으로 후안 유리베, 파블로 산도발 등.

장타력을 보유한 선수가 다량 포진하고 있었다.

투타의 균형이 매우 잘 맞는 팀으로 올 시즌 우승 후보였다.

"만만치 않은 상대네."

회귀 전.

그들은 올 시즌, 56년 만에 월드 시리즈 우승컵을 손에 넣는다. 그 이면에는 팀 린스컴의 맹활약이 있었다.

하지만 역사는 바뀌었다.

포스트 시즌 진출에 실패했던 레드삭스가 올라온 것부터가 달라진 것이다.

'반드시 우승하겠어.'

찬열은 우승에 대한 열망이 대단했다.

하지만 이전처럼 집착을 하거나 초조함을 느끼지 않았다.

왠지 모르게 안젤라와 관계가 진척을 이룬 뒤에는 초조함이 사라졌다.

그녀가 옆에 있기만 해도 스트레스가 사라졌다.

정신적으로 모든 게 완벽했다.

물론 육체적으로도 말이다. 그 어느 때보다 컨디션이 좋았다. 그는 두근거리는 마음으로 월드 시리즈를 기다렸다.

* * *

올스타전에서 아메리칸리그가 우승한 덕분에 월드 시리즈 경기는 펜 웨이 파크에서 열리게 되었다.

챔피언십 시리즈와 마찬가지로 7전 4선승제로 치러진다.

"홈에서 반드시 이기고 어웨이에서 경기를 끝내자!"

오티즈의 외침에 동료들이 동시에 외쳤다.

"오케이!"

전의를 다진 선수단이 그라운드에 올라섰다.

"와아아아아─!"

홈 구장인 탓에 붉은 물결이 관중석을 가득 메우고 있었다. 레드삭스 선수단은 관중들에게 인사를 하며 자리를 잡았다.

[전국의 야구팬 여러분 안녕하십니까? 드디어 월드 시리즈 1차전이 열리는 팬 웨이 파크에서 인사드립니다.]

한국에서도 중계가 시작됐다.

출근 시간이었지만 대부분의 직장인이 이어폰을 끼고 중계를 시청했다.

상사들 역시 마찬가지였다.

일을 하면서 중계를 보는 건 쉬운 일이 아니었다.

하지만 오늘만큼은 허락이 되었다.

[3번 포수 정찬열 선수.]

"오……!"

정찬열의 활약을 보기 위해서 말이다.

[월드 시리즈 1차전! SF 자이언츠의 선공으로 시작됩니다!]

* * *

월드 시리즈답게 양 팀은 팽팽한 투수전을 펼쳤다.

레드삭스의 벅홀츠.

자이언츠의 린스컴.

에이스 대결답게 두 투수는 3회까지 무실점 퍼펙트로 경기를 이어갔다. 특히 린스컴이 찬열을 7구째 헛스윙 삼진으로 돌려세운 장면은 감탄을 자아낼 정도였다.

[두 투수의 경이로운 투구가 이어지고 있습니다!]

한국과 미국.

양국에서 경기를 지켜보는 사람들의 손에 땀이 흐를 정도로 박빙의 경기가 이어졌다.

깨질 것 같지 않던 균형이 깨진 건 4회 초였다.

딱一!

[토레스, 초구를 때렸습니다! 유격수 키를 넘기는 안타입니다!]

[균형이 이렇게 깨지네요! 공이 가운데로 몰린 게 아쉽습니다!]

찬열이 자리에서 일어나 벅홀츠를 안정시켰다.

에이스답게 벅홀츠는 크게 흔들리지 않았다.

하지만.

딱一!

[산체스, 때렸습니다! 중견수 앞에 떨어지는 안타입니다!]

연속 안타가 나왔다.

[코스는 좋았는데요. 이건 산체스가 잘 때렸다고밖에 생각할 수 없습니다.]

찬열은 1루에 나가 있는 산체스를 날카로운 눈빛으로 바라봤다.

'노리고 때렸다.'

이번에 리드를 한 공은 커브였다.

스트라이크존을 벗어나는 공으로 유인구를 던지게 한 것이다. 그런데 산체스는 그걸 제대로 때려냈다. 때릴 수 없는 공은 아니다. 하지만 이상함을 느끼기에 충분했다.

'사인이 읽혔나?'

프로 야구에서 사인 훔치기는 금기나 다름없었다. 하지만 공공연하게 일어나는 것 역시 사인 훔치기다. 일각에서는 사인을 도둑맞은 팀이 오히려 나쁘다고 이야기할 정도다.

즉, 한 가지 전술로 본다는 의미였다.

'버릇이 생겼을 수도 있다.'

찬열 역시 사람이다.

자신도 모르게 버릇이 생겼을 수도 있다.

아니면 볼 배합이 단순하게 변했을 수도 있고 말이다.

'뭐가 됐건 바꿔야 한다.'

찬열이 다시 마스크를 쓰고 자리에 앉았다. 원래라면 포심 패스트볼로 리드를 할 차례였다. 변화구로 맞았으니 포심으로 카운터를 잡는 반면 투수의 기를 살려 줘야 했다.

하지만 이번에는 다르게 볼 배합을 가져갔다.

'스플리터.'

벅홀츠의 주 구종 중 하나다. 포심의 궤적으로 날아오다

뚝 떨어지기 때문에 내야 땅볼을 이끌어내기도 좋았다.

고개를 끄덕인 벅홀츠가 공을 뿌렸다.

"흡-!"

쐐액-!

바깥쪽의 존을 향해 날아왔다.

버스터 포지의 스윙이 시작됐다.

'걸렸……!'

포지의 배트가 나오는 걸 확인한 찬열의 얼굴이 굳어졌다.

밑에서부터 위로 궤적을 그렸기 때문이다.

'어퍼 스윙?!'

동시에 공이 밑으로 떨어졌다.

두 궤적이 하나가 되었다.

따악-!

경쾌한 소리와 함께 공이 우익수 방향으로 날아갔다.

하지만 우익수는 움직이지 않았다.

[아~ 이건……!]

[넘어갔네요.]

펜스를 넘어갈 걸 직감했기 때문이다.

[넘어갔습니다. 버스터 포지, 3점 홈런을 터뜨리며 자이언츠가 선취점을 올립니다.]

찬열이 허무한 표정으로 우익수 쪽 펜스를 바라봤다.

'스플리터를 노리고 있었다.'

무엇 때문인지 알 수 없지만 분명 사인이 노출되고 있었다.

상대는 구종을 알고 때렸다.

그렇게밖에 생각할 수 없었다.

결국 감독이 마운드를 올라왔다. 찬열도 마운드로 향했다.

프랑코나 감독은 벅홀츠를 격려를 하며 다독였다.

"신경 쓰지 마. 넌 잘 던지고 있어. 이제부터 차근차근 풀어나가면 돼. 알았지?"

"예."

벅홀츠가 대답했지만 그의 얼굴은 어두웠다.

에이스라고는 해도 아직 어린 투수다.

월드 시리즈라는 큰 무대라는 중압감까지 더해지니 부담을 느낄 수밖에 없었다. 프랑코나 감독은 최선을 다해 그를 다독이고는 마운드를 내려갔다. 찬열은 그런 감독의 옆에 붙어 작은 소리로 말했다.

"사인이 노출되고 있는 거 같아요."

"뭐? 진짜야?"

"90퍼센트쯤 확신합니다. 그러니 벤치에서도 상황을 봐주세요."

"으음…… 알았어."

감독이 고개를 끄덕이고 마운드를 내려갔다. 하지만 감독과 찬열의 노력에도 불구하고 벅홀츠는 흔들리고 말았다.

딱-!

[또다시 안타입니다! 4타자 연속 안타를 허용하는 벅홀츠!]

[자이언츠 타선이 너무 쉽게 때리고 있어요. 마치 무슨 공을 던질지 알고 타격에 임하는 것 같습니다.]

더그아웃에서 벅홀츠의 공을 때려내는 타자들을 보던 프랑코나 감독의 얼굴이 굳어졌다.

'분명 읽히고 있다.'

찬열의 말을 듣고 나니 타선이 너무 쉽게 때리는 게 눈에 보였다. 사인이 노출되고 있는 걸까? 하지만 그런 낌새가 보이지 않았다. 자이언츠 벤치는 딱히 사인을 내지 않고 있었다. 타자 역시 더그아웃을 보지 않았다. 그저 자신이 해야 될 스윙을 할 뿐이었다.

'제길……'

따악-!

[아아! 이번에도 큽니다!! 센터로 날아가는 큼직한 타구!]

툭-!

[또다시 넘어갑니다! 3회까지 퍼펙트 피칭을 해오던 벅홀츠 선수! 하지만 4회에 2개의 홈런 포함 5안타를 허용하며 무려 5점을 내주고 맙니다!]

[자이언츠의 타격이 매섭네요. 벅홀츠 선수로는 무리가 있어 보입니다.]

결국 프랑코나 감독이 다시 한 번 마운드를 올랐다.

[두 번째로 마운드에 방문하는 프랑코나 감독! 결국 투수를 교체

합니다.]

[1차전 승리가 매우 중요했는데, 경기가 어렵게 풀려가는 레드삭
스입니다.]

결국 1차전은 자이언츠가 가져갔다.

4회에 내준 5점이란 점수 차를 레드삭스는 극복하지 못했
다. 찬열은 이날 3번 타석에 들어서 2볼넷 1삼진을 기록했다.

1차전의 패배는 뼈아팠다. 홈구장, 게다가 에이스의 출전
이었다. 반드시 잡아야 했다. 그런데 에이스 벅홀츠가 허무
하게 무너져 버렸다. 클럽 하우스에 들어서는 찬열의 어깨가
무거웠다.

오늘 경기에서 안타를 하나도 기록하지 못한 것도 하나의
이유다. 더 큰 이유는 사인 훔치기라는 의심 때문이다. 볼 배
합에 대한 사인은 자신이 낸다. 다른 팀처럼 더그아웃에서
사인을 훔칠 수 있는 방법은 없었다. 즉, 훔치기를 당했다면
자신이 원인이라는 것이다.

'하지만 어떻게 훔쳤지?'

샤워를 하는 와중에도 그의 머릿속은 오늘 경기를 복기하
느라 바쁘게 돌아갔다.

자이언츠가 벅홀츠를 공략한 건 4회다.

그 전에는 1루에 주자가 나가지도 못했었다.

'즉, 주자가 내 사인을 훔치는 건 어렵다. 1루와 3루 주루
코치들 역시 마찬가지야.'

경기를 보다 보면 투수가 다시 사인을 요청하는 경우가 있다. 잠시 사인을 놓치는 경우도 있지만 포수가 사인을 숨기기 위해 허벅지를 좁히기 때문에 그런 일도 벌어진다. 또한 라인밖에 서 있는 양사이드 코치들이 사인을 훔쳐보는 건 어려웠다.

'첫 안타를 허용했을 때도 마찬가지다. 사인을 훔칠 방법은 없었어.'

허벅지를 제대로 좁혔고 사인 제스처를 크게 했다.

어디서도 사인을 훔칠 수 있는 요소가 없었다.

샤워를 끝내고 클럽 하우스에서 옷을 갈아입을 때까지 경기에 대한 생각이 끊이지 않았다. 이유를 알아내는 건 무척이나 중요한 일이었다. 만약 자신에게 중대한 이유가 있다면 내일 2차전에도 영향을 미치게 된다.

"정! 감독님 호출이야!"

"아, 응."

직원의 말에 대충 옷을 입고 클럽 하우스를 나섰다.

몇몇 선수가 무거운 발걸음을 옮기는 게 눈에 보였다.

복도를 걸으며 만나는 직원들 역시 표정이 무거웠다.

찬열은 곧 감독의 사무실에 도착했다.

거기에는 프랑코나 감독은 물론이거니와 수석 코치 그리고 투수, 배터리 코치까지 있었다.

"이리 앉아."

프랑코나 감독의 말에 비어 있는 소파에 앉았다.

"부른 이유는 대충 알지?"

"사인 훔치기 때문이죠?"

"응. 그런데 사인 훔치기가 아니었어."

"예?"

찬열이 의아한 눈으로 감독을 바라봤다.

"오늘 벅홀츠가 맞은 안타 중 4개가 무슨 구종이었는지 알아?"

"예. 첫 번째가 슬라이더 두 번째가 커브, 세 번째는 스플리터 그리고 네 번째는 커브였고 다섯 번째는 슬라이더였습니다."

"이상하지 않아?"

프랑코나 감독이 되물었다.

찬열은 차분하게 생각했다. 저렇게 물어보는 이유가 있을 것이다. 그리고 이상한 점을 찾았다.

"포심에는 배트를 휘두르지 않았군요."

"그래. 자이언츠가 알아낸 건 사인이 아니라 버릇이야."

프랑코나 감독이 두 장의 사진을 내밀었다.

벅홀츠가 투구 자세에 들어갔을 때의 사진 두 장이었다.

그런데 미묘하게 달랐다.

"글러브의 위치가 다르네요?"

"눈썰미가 좋네."

"설마 버릇이란 게 이겁니까?"

"그래. 글러브가 조금 더 위로 가있는 게 변화구, 밑으로 가 있는 게 패스트볼 계열이야."

눈썰미가 좋은 것도 있지만 이 정도의 차이라면 상대팀이 알아내기에 충분했다. 하지만 이해되지 않는 부분도 있었다.

"이 정도의 차이라면 정규 시즌에 이미 노출이 되었어야 하는 게 아닐까요?"

"그게 말이지."

이번에는 투수 코치가 대답했다.

"정규 시즌에는 이런 버릇이 전혀 나오지 않았어."

"예?"

"아무래도 큰 무대라는 중압감 때문에 자신도 모르게 나오는 거 같아."

"음……."

야구의 세계는 넓다.

선수에 따라 정말 기막힌 버릇이 있는 선수도 있었다.

박찬태가 LA 다저스 시절 변화구와 패스트볼 계열이 간파당한 적이 있다.

선수들에 따라 글러브를 착용할 때 두 번째 손가락을 밖으로 내놓거나 정석대로 넣어서 착용하는 선수가 있다.

한데 박찬태는 구종에 따라 그 위치가 달라지는 버릇이 있었다.

월드 시리즈라는 중압감은 매우 크다. 경험이 많은 선수라고 해도 월드 시리즈에서는 긴장을 하게 마련이다.

'내가 조금 더 신경을 썼어야 했는데.'

자신이 진즉에 눈치를 채고 조언을 해주었어야 한다.

그게 포수가 할 일이다.

'평소에 문제가 없었다고 판단을 내리고 신중하게 관찰하지 않았다.'

작은 방심이 큰 결과로 이어졌다. 그렇다고 계속 자책하고 있을 순 없었다. 한시라도 빨리 이걸 떨쳐 내고 내일 경기를 준비해야 했다. 표정이 바뀌는 찬열을 보고는 프랑코나 감독도 미소를 지었다.

'역시 멘탈이 강하다니까.'

이번 문제는 벅홀츠의 잘못이다. 하지만 포수인 찬열에게도 잘못이 없다고 할 수 없었다. 그건 찬열 본인도 알고 있을 것이다.

이야기를 꺼냈을 때 보여준 어두운 표정이 그걸 말해주고 있었다. 그러나 금세 떨쳐 냈다. 멘탈이 어지간히 강하지 않으면 할 수 없는 일이다.

"내일 경기에서는 잘 리드해 주길 바란다."

"예."

"참, 포지는 조심하도록 해."

"포지요?"

"그래. 포지에게 공을 던질 때 벅홀츠는 포심과 같은 위치에서 공을 던졌어."

포지에게 던졌던 구종은 스플리터다.

스플릿 핑거 패스트볼이라는 정식 명칭대로 스플리터는 변형 패스트볼 계열이다.

그러니 변화구와 달리 글러브의 위치가 같았다.

즉.

"녀석은 포심을 노리고 배트를 돌렸던 거야."

찬열이 고개를 끄덕였다.

* * *

월드 시리즈 2차전.

그라운드에 선 선수들의 머릿속에는 1차전의 패배가 들어 있지 않았다. 메이저리그에서 포지션을 차지한 선수들이다.

패배의 영향을 다음 날까지 가져가는 선수는 없었다.

찬열은 오늘 경기의 선발 존 레스터에게 사인을 보냈다.

'몸 쪽 포심 패스트볼.'

고개를 끄덕인 존 레스터가 투수판을 밟았다.

찬열의 시선이 레스터의 동작 하나하나를 관찰하듯 주시했다. 그가 미트를 내밀자 레스터가 와인드업과 함께 공을 뿌렸다.

"흡-!"

쐐애액-!

공이 조금 더 몸 쪽으로 날아왔다.

타자의 엉덩이가 살짝 뒤로 빠지면서 균형이 무너졌다. 찬열은 공이 미트에 들어오는 느낌이 나는 순간 팔을 부드럽게 바깥쪽으로 이동시켰다.

움직임은 매우 적었다. 하지만 그것만으로도 충분했다.

"스트라이크!"

심판의 손이 올라갔다. 타자의 얼굴이 일그러졌다.

이미 선언된 판정이 바뀔 리는 없었다.

"나이스!"

레스터에게 공을 던진 찬열이 타자의 상태를 살폈다.

'하나도 놓치지 않는다.'

찬열의 집중력은 매우 높았다. 어제와는 비교도 할 수 없을 정도였다. 그 모습을 더그아웃에서 지켜보는 프랑코나 감독의 입가에는 미소가 그려졌다.

'어제 일이 오히려 득이 되었군.'

찬열은 어제의 일은 반면교사 삼아 오늘 경기에서는 매우 높은 집중력으로 그라운드를 관찰하고 있었다.

덕분에 수비들의 움직임이나 볼 배합에 대해 평소보다 더 날카로운 모습을 보여주었다. 6이닝 동안 자이언츠가 단 1개의 안타밖에 때리지 못한 게 그 결과였다.

'이제 우리가 점수를 내면 된다.'

오늘 경기에서 레드삭스는 아직 점수를 내지 못하고 있었다. 분위기는 확실히 레드삭스에 있었다. 문제는 찬열의 앞에 타자가 쌓이지 못하고 있었다. 그러다 보니 자이언츠는 찬열과 굳이 승부를 벌이지 않았다. 4, 5번인 벨트레와 오티즈는 각각 1안타를 기록 중이었다. 문제는 동시에 터지지 않고 따로 터졌다는 점이다. 점수로 이어지지 않은 이유였다.

퍽-!

"스트라이크! 아웃!"

레스터가 타자를 삼진으로 돌려세웠다.

6이닝 무실점.

완벽한 피칭이었다.

프랑코나 감독은 6회 말에 기회가 올 것임을 직감했다.

'테이블세터부터 시작되는 이번 공격에서 결정을 내야 돼.'

그리고 예상대로 되었다.

딱-!

[제이코비 3구를 타격! 2루수 키를 살짝 넘기는 안타를 만들어냅니다!]

2번 타자는 우익수의 파인플레이로 아웃이 되었지만 주자가 쌓였다.

자이언츠의 머리가 복잡해질 상황이었다.

[오늘 경기 처음으로 주자가 있는 상황에서 타석에 들어서는 정찬열 선수입니다!]

양키스는 이런 상황에서도 찬열을 고의사구로 내보냈다.

그리고 경기에서 패배했다.

벨트레와 오티즈의 자존심을 제대로 건드렸기 때문이다.

자이언츠는 어떤 선택을 할지 귀추가 주목됐다.

"흡-!"

투수가 찬열을 상대로 공을 뿌렸다.

쐐액-!

낮게 깔려오는 공을 찬열은 지켜봤다. 상대의 의도를 모르는 상황에서 섣불리 배트를 내밀었다가는 기회가 날아갈 수 있기 때문이다.

뻐억-!

"스트라이크!"

[초구 스트라이크입니다! 승부를 택하는 자이언츠!]

찬열이 타석에서 물러나 가볍게 배트를 돌렸다.

기회를 잡았다.

이것을 살리는 건 이제 자신이 해야 될 일이다.

정면승부를 택했다지만 배터리의 선택은 매우 신중했다.

2구와 3구가 모두 유인구로 들어왔다.

3구인 스플리터에서 찬열의 배트가 움찔했지만 스윙으로 이어지지 않았다. 버스터 포지는 좀처럼 낚이지 않는 찬열의 모습을 보고 인상을 구겼다.

2볼 1스트라이크.

더 이상 유인구로 승부를 했다가는 문제가 생긴다.

찬열이 볼넷으로 1루 베이스에 나갔을 때 벨트레의 타격 수치는 높아졌다. 특히 주자가 쌓여 있을 때 벨트레의 타율은 4할에 육박할 정도로 좋았다.

와일드카드에서 벨트레와 오티즈가 보여준 모습 역시 자이언츠가 정면승부를 택하게 한 이유였다.

'다시 한 번 유인구로 간다.'

더그아웃에서 사인이 나왔다.

고개를 끄덕인 포지가 손가락을 빠르게 움직였다.

쓰리볼이 될 수도 있지만 3구에서 보여준 미동은 또 한 번 유인구를 택하게 했다.

'체인지업.'

구종을 선택하자 투수가 고개를 끄덕였다.

1루 주자를 눈으로 견제한 뒤.

세트 포지션에서 공을 뿌렸다.

"차앗-!"

전력을 실은 공이 빠르게 날아왔다.

찬열이 발을 내디뎠다.

골반이 돌아가며 회전이 시작됐다.

그 순간 날아오던 공의 속도가 줄어들더니 밑으로 떨어졌다.

'체인지업!'

변화구임을 간파한 찬열이 무릎을 숙이며 배트의 궤적을 바꾸었다.

"흐읍—!"

딱—!

두 궤적이 하나가 되면서 공이 높게 떠올랐다.

손에 느낌이 왔다.

넘어간다.

확신을 한 찬열이 1루로 달려가며 타구의 방향을 확인했다.

[가운데 펜스를 넘어갑니다!!!]

"와아아아—!"

어제의 홈런을 갚아주는 투런포가 터졌다.

6장

첫 번째 반지

월드 시리즈는 박빙으로 이어졌다.

1차전과 2차전을 나란히 가져간 자이언츠와 레드삭스는 무대를 자이언츠의 홈구장인 AT&T 필드로 옮겼다.

월드 시리즈 3차전.

딱─!

[버스터 포지, 4구를 강타!! 좌익수 키를 넘기며 2타점을 올립니다!]

[아~ 오늘 경기, 포지 선수의 좋은 타격감이 정말 빛을 발합니다.]

[벌써 2안타를 기록하며 팀의 3타점을 모두 올립니다.]

포지의 타격감은 무척이나 좋았다.

첫 경기에서 보여준 홈런이 결코 우연이 아님을 증명하는 타격 감각이었다.

반면 어웨이에서 펼쳐진 경기인 탓에 긴장을 했는지 카스티요는 번번이 공이 가운데로 몰렸다.

결국 5이닝을 채우지 못하고 교체가 되고 말았다.

3차전은 다시 자이언츠의 손에 넘어갔다.

월드 시리즈 4차전.

양 팀은 초반부터 타격전으로 경기를 펼쳐 갔다.

선공은 레드삭스가 펼쳤다.

[1회부터 좋은 기회를 맞이하는 레드삭스입니다! 1루와 2루에 주자가 있는 상황에서 정찬열 선수가 타석에 들어섭니다!]

[월드 시리즈가 시작된 이후 가장 좋은 기회입니다.]

월드 시리즈에서 찬열의 활약은 기대에 미치지 못하고 있었다. 분명 타점도 기록했고 출루도 많이 했다. 하지만 사람들이 그에게 기대하는 건 역시 홈런이었다. 그 사실을 알고 있지만 찬열은 조급함을 느끼지 않았다.

오히려 차분하게 공을 지켜봤다.

그리고 기회를 노리고 있었다.

퍽-!

"스트라이크!"

[승부를 택하는 자이언츠입니다!]

자이언츠가 정면승부를 택하자 찬열이 마음을 다잡았다.

퍽-!

"볼!"

딱-!

"파울!"

[아~ 이번 공은 아쉬웠습니다.]

[투 스트라이크 원 볼로 몰리네요. 볼카운트가 불리해집니다.]

찬열은 차분하게 방금 전 던졌던 공들을 복기했다.

'초구는 포심, 2구는 커브, 3구는 스플리터였다.'

지금 상황에서 자신이라면 포심을 던지게 해서 빠르게 아웃 카운트를 올릴 것이다. 공격적인 성향의 포수가 자주 나타내는 볼 배합이었다. 그리고 포지 역시 마찬가지일 거라 생각했다.

'포심을 노린다.'

결정을 내린 순간 투수가 세트 포지션에 들어갔다.

그리고 공을 뿌렸다.

"차앗-!"

쐐액-!

97마일이 찍히는 포심 패스트볼이 던져졌다.

찬열의 허리가 빠르게 회전했다.

후웅-!

따악-!

[쳤습니다!!!]

[커요!]

[오른쪽 담장을 향해 날아갑니다!! 우익수, 펜스까지 붙지만……! 잡을 수 없습니다~! 넘어갑니다!! 1회부터 3점 홈런을 터뜨리는 정찬열!!]

야구라는 게임에서 홈런이 차지하는 위치는 매우 특별하다.

점수를 올리는 건 다른 장타와 비슷하다.

하지만 팀에 미치는 영향, 팬들에게 각인되는 효과는 무척이나 컸다.

"정! 정! 정! 정!"

펜 웨이 파크가 들썩였다.

3만 8천 명을 수용할 수 있는 좌석이 매진이 되었다.

대부분이 레드삭스의 팬인 상황.

천지가 흔들린다는 표현이 딱 어울렸다.

[엄청난 함성이 정찬열 선수에게 쏟아집니다!!]

이런 분위기는 생중계를 통해 한국으로 고스란히 전달됐다.

[함성 소리 쩐다.]

[관중석 마이크 켜진 거 아님?]

[ㄴㄴ 기본적으로 마이크 폼.]

[정찬열 대단하네. 월드 시리즈에서도 날아다닌다.]

인터넷이 또다시 찬열의 이름으로 도배가 됐다.

이제는 특별한 일도 아니었다.

"이야, 저거 또 홈런 쳤네."

아침잠이 많은 류성일도 TV 앞에 앉아 경기를 보고 있었다.

"한국에 있을 때보다 더 괴물이 됐어."

한국에서는 저 정도까진 아니었던 거 같다.

그런데 고작 2년 사이 너무나 변했다.

"1년만 기다려라."

그렇다고 주눅이 들거나 하진 않았다.

 오히려 기대가 됐다. 자신이 메이저리그에 진출을 한 뒤가 말이다. 포스팅 시스템 규정이 변했지만 류성일은 아직 포스팅 선언을 하지 못하고 있었다.

팀의 간곡한 요청 때문이다. 또한 류성일은 아직 때가 아니라 생각하고 있었다. 그건 한승현 역시 마찬가지였다.

찬열이 메이저리그에 떠난 이후 류성일과 한승현은 리그를 양분하는 투수로 성장했다. 엎치락뒤치락, 경쟁하듯 다승왕을 나눠 가졌다.

세간에서는 두 선수의 해외 진출에 대해 다양한 이야기가 나오고 있었다. 많은 의견이 오가고 있었다.

하지만 많은 사람이 한 가지 생각을 가졌다. 한국인 선수들이 메이저리그에서 활약하는 모습을 보고 싶다는 생각을 말이다.

* * *

4차전에서 홈런포를 가동한 찬열 덕분에 레드삭스는 승리를 가져갔다.

5차전 역시 마찬가지였다.

흥이 오른 레드삭스 타선이 맹타를 이어가며 순식간에 리드를 잡았다.

5차전까지 치른 현재 레드삭스가 3승으로 앞서 나갔다.

그리고 무대는 다시 보스턴으로 옮겨졌다. 이제 더 이상 무대의 변경은 없었다. 레드삭스 전용기는 떠들썩했다.

원정에서 4차전과 5차전을 연달아 승리했으니 선수단의 분위기가 좋은 건 당연했다. 반면 코칭스태프는 매우 신중하게 회의를 이어가고 있었다. 특히 투수 코치와 프랑코나 감독은 한시도 떨어지지 않은 채 대화를 주고받았다.

"음, 역시 그 방법이 베스트겠지?"

"예, 6차전에 승부를 보는 게 가장 좋습니다."

야구는 흐름이 중요했다.

흐름은 한 경기에서도 있지만 시리즈 전체를 관통하는 흐름도 있다. 한 번 이것을 타기 시작하면 걷잡을 수 없어진다.

연승이 중요한 이유였다.

"다음 경기에서 자이언츠도 전력으로 나오겠지?"

"벼랑 끝이니 선발까지 모두 준비시킬 겁니다."

"으흠……."

두 가지 중 하나를 선택해야 했다.

전력으로 나오는 상대와 정면승부를 피하고 7차전까지 가는 것. 상대는 6차전에서 힘이 빠졌기에 충분히 승산이 있었다. 하지만 야구라는 스포츠는 그리 간단하지 않았다.

흐름을 타기 시작한 팀들은 알 수 없는 힘을 발휘하게 마련이었다. 마치 만화처럼 말이다.

다른 하나는 이쪽도 정면승부를 하는 것이다.

만약 패배한다면 7차전의 부담감이 크다. 하지만 성공한다면 최종전까지 가지 않고 우승을 차지할 수 있었다.

"음……."

프랑코나 감독은 선뜻 선택을 하지 못하고 이동하는 동안 고심을 거듭했다.

* * *

보스턴에 도착한 선수단에게 하루의 휴식이 주어졌다.

단 하루에 불과했지만 경기에 지친 선수들에게는 단비와도 같은 시간이었다.

찬열도 가족, 그리고 안젤라와 함께 시간을 보냈다. 부모님이 해주시는 음식을 먹고 안젤라와 오붓한 한때를 보내는 것만으로도 힐링이 되는 기분이었다.

그런 시간을 방해받은 건 오후 늦게였다.

호텔에 프랑코나 감독이 직접 찾아왔기 때문이다.

"휴식을 방해해서 미안하네."

개인 시간을 무척이나 중요하게 생각하는 미국이다. 그걸 알고 있음에도 찾아왔다는 건 그만큼 급하다는 것이었다.

"괜찮습니다. 그런데 이 시간에 어쩐 일이세요?"

마주보고 앉은 뒤 프랑코나 감독이 조심스레 입을 열었다.

"내일 경기에 대해 의논할 게 있어서 왔네."

"의논이요?"

"선발로 벅홀츠를 올릴 생각이야."

찬열이 고개를 끄덕였다.

시리즈 첫 경기에서 벅홀츠는 4회를 채우지 못했다.

이후 5차전까지 마운드에 오르지 않았다.

중간 휴식일을 생각하면 꽤 오래 휴식을 취한 것이다.

체력적으로 괜찮다. 하지만 중대한 문제가 있었다.

"버릇 노출에 대해서는 괜찮을까요?"

"본인도 인지를 하고 있기 때문에 괜찮을 거야."

벅홀츠가 알고 있다면 이야기는 달라진다. 버릇이라는 것이 몰랐을 때 문제가 되는 거지 알고 있다면 문제될 건 없었다. 그런데 이상했다. 이런 이야기는 굳이 여기까지 와서 할 필요는 없다. 내일 구장에서 하면 될 일이다. 그것을 눈치챈 듯 프랑코나가 손가락을 까닥였다. 가까이 오라는 제스처였다.

찬열이 상체를 내밀어 얼굴을 가까이 가져갔다.

프랑코나도 같은 행동을 했다. 그리고 아주 작은 소리로 수군거렸다.

"오호……."

설명을 들은 찬열의 입가에 미소가 그려졌다.

분명 좋은 방법이었다.

이 방법을 사용하기 위해서는 미리 알아두는 게 좋다.

그래야 작전을 짤 테니 말이다.

* * *

다음 날.

시리즈 최종전 엔트리가 발표됐다.

자이언츠는 1차전과 4차전에 출전했던 팀 린스컴을 출전시켰다. 예상대로 6차전에 모든 힘을 쏟아부을 생각이었다.

[자이언츠는 선발들을 모두 불펜에서 대기를 시키고 있습니다.]

[사활을 걸었다는 뜻이죠.]

[레드삭스 역시 클레이 벅홀츠를 올리면서 이번 경기를 잡겠다는 의지를 보여주고 있습니다.]

[앞서고 있는 건 레드삭스지만 6차전에서 우승을 결정짓지 못하면 7차전에서는 위험해질 수도 있기 때문이죠.]

"플레이볼!"

[대망의 월드 시리즈 6차전! 경기 시작됐습니다!]

찬열이 집중력을 끌어올렸다.

루틴을 가져가는 타자의 모습과 마운드에서 자신을 바라보는 벅홀츠의 모습이 잇달아 들어왔다. 컨디션이 좋아 보이는 타자와 달리 벅홀츠는 긴장한 티가 역력하다.

사인을 내기 전 제스처로 벅홀츠를 달랬다.

'진정해.'

마운드에 오른 투수는 자신의 상태를 제대로 파악하지 못한다.

월드 시리즈 같은 큰 경기, 그리고 경험이 부족할수록 더더욱 그렇다. 그랬기에 포수의 역할이 중요하다. 찬열은 침착하게 투수의 긴장을 풀어주었다. 벅홀츠가 고개를 끄덕이고 투수판에서 발을 뗐다.

심호흡을 한 그의 눈에 긴장이 조금은 덜어졌다.

다시 투수판을 밟았다.

[정찬열 선수, 월드 시리즈에서도 특유의 침착함을 보여줍니다.]

[투수가 긴장을 했을 때 포수가 리드를 빠르게 가져가면 독이 됩니다. 아주 좋은 모습이에요.]

적당한 긴장감을 유지하는 벅홀츠의 눈에 찬열의 손가락이 보였다.

고개를 끄덕이고 투구 자세를 취했다.

'일정하게.'

벅홀츠는 글러브의 위치에 신경을 썼다.

투수 코치에게 이야기를 들었을 땐 충격이었다.

사실 이 버릇에 대해서는 알고 있었다. 하이스쿨 시절에도 비슷한 버릇이 있었기 때문이다. 하지만 부단한 노력 끝에 고쳤다. 프로에 와서도 문제가 된 적이 없었다. 그런데 월드 시리즈에서 다시 나올 줄은 몰랐다.

'내 템포로 가자.'

그러나 알고 있다면 이야기는 달라진다.

벅홀츠는 투수 코치와 논의한 끝에 벨트 위치에 글러브를 놓기로 결정했다. 지금처럼 말이다. 벅홀츠가 와인드업을 했다. 그리고 발을 내디뎠다.

"하앗-!"

촤악-!

팔이 돌아가면서 바람을 가르는 소리가 귓가를 울렸다.

손끝이 허공을 때리며 찌릿한 감각이 느껴졌다.

쐐애액-!

고개를 들자 맹렬하게 회전하는 공이 홈 플레이트 위를 막 지나고 있었다. 타자의 배트가 먹잇감을 노리는 맹수처럼 돌 아갔다.

그 순간 공이 발레를 하듯 배트를 피해 아래로 떨어졌다.

퍽―!

"스트라이크!"

심판이 화려한 제스처와 함께 콜을 외쳤다.

'좋았어!'

벅홀츠가 주먹을 불끈 쥐었다.

* * *

경기는 1차전과 똑같이 전개가 됐다.

벅홀츠와 린스컴은 마치 내기를 하듯이 양 팀의 타자들을 농락했다.

[3회 말, 린스컴 투수도 삼자범퇴로 이닝을 막아냅니다!]

[두 투수 모두 퍼펙트게임으로 경기를 이어가네요.]

[마치 1차전을 다시 보는 것 같습니다.]

[그럼 4회 초가 중요하게 됩니다. 1차전에서는 벅홀츠 선수가 4 회에서 무너졌으니까요.]

공수교대가 이루어졌다.

벅홀츠가 다시 마운드에서 올랐다.

그 역시 이번 이닝이 중요하다는 걸 알고 있었다.

그건 찬열 역시 마찬가지였다.

'이번 이닝이 승부처다.'

찬열은 프랑코나 감독과 정해두었던 작전을 떠올렸다.

자이언츠의 1번 타자가 타석에 섰다.

찬열의 손가락이 현란하게 움직였다.

'커브…… 그리고…….'

구종과 코스를 선택하고 또다시 사인을 냈다.

수비가 아닌 투수에게 내는 사인이다. 벅홀츠가 고개를 끄덕였다. 그 역시 알고 있었다.

투수판을 밟은 벅홀츠의 글러브가 허리보다 다소 높은 위치에서 멈췄다.

그걸 본 타자의 눈이 빛났다.

'변화구!'

1차전에서 이것을 눈치챈 것이 바로 자신이다.

그랬기에 정확히 알 수 있었다.

'3회까지는 고친 거 같더니.'

역시 쉽게 고칠 수 없나 보다.

이런 중요한 순간에 다시 버릇이 나오는 걸 보면 말이다.

"흡-!"

벅홀츠가 공을 뿌렸다.

변화구임을 예상했기에 다소 늦게 스윙을 시작했다.

그런데 공이 빠르게 날아왔다.

'어?!'

퍽—!

공이 미트에 박혔다.

후웅—!

직후 배트가 허공을 갈랐다.

"스트라이크!"

한참이나 늦은 스윙이 나왔다.

타자의 얼굴에 당혹감이 나타났다.

글러브의 위치가 허리띠보다 높은 곳에 있으면 변화구가 와야 된다.

그런데 패스트볼이 왔다.

이게 의미하는 건 하나다.

'속았다!'

그것을 깨달았지만 초구에 당한 것이 심리적으로 타격을 주었다. 그리고 찬열은 타자가 평정을 찾을 시간을 주지 않았다. 빠르게 리드를 했고 벅홀츠 역시 투구 템포를 빠르게 가져갔다.

딱—!

"파울!"

퍽—!

"스트라이크! 아웃!"

[삼구삼진입니다! 멋지게 첫 타자를 삼진으로 잡아내는 벅홀츠! 1차전과 다르다는 걸 스스로 증명하고 있습니다!]

2번 타자도 다르지 않았다.

찬열은 적절한 타이밍에 버릇을 노출했다.

물론 반대로 말이다. 덕분에 타자의 머리는 복잡해졌다.

들어서 알고 있었지만 머릿속에 있던 정보가 틀리자 순간적으로 흔들린 것이다. 또한 찬열은 매우 영악하게도 이 방법도 역이용하기 시작했다.

즉, 버릇대로 변화구를 던지기도 했다.

덕분에 타자의 머리는 더욱 복잡해질 수밖에 없었다.

그 결과 두 번째 타자는 2루수 땅볼로 물러났다.

그리고 타석에는 버스터 포지가 들어섰다.

[자이언츠에서 가장 주의해야 될 선수인 버스터 포지가 들어섭니다.]

포지에게 이 방법은 통하지 않는다.

찬열은 그렇게 생각했다.

1차전에서도 포지가 때려낸 홈런은 버릇과는 상관이 없는 것이었다. 그렇기 때문에 찬열은 벅홀츠에게 사인을 냈다.

'편할 대로 던져.'

벅홀츠 역시 같은 생각이었다.

고개를 끄덕이는 그의 모습에 찬열이 구종 사인을 냈다.

'포심, 몸 쪽으로.'

다시 한 번 고개를 끄덕인 벅홀츠가 자세를 잡았다.

그리고 심호흡을 뱉었다.

포지와의 승부는 언제나 떨린다.

첫 타석에서 범타로 돌려세웠지만 우익수가 잘 따라가서 잡은 덕분이다.

'반드시 잡는다.'

마음을 다잡은 벅홀츠가 와인드업을 했다.

그리고 전력을 실었다.

"흐아앗─!"

쐐애애애액─!

그의 손을 떠난 공이 맹렬히 회전하며 날아갔다.

그 순간 포지가 발을 내디뎠다.

그리고 빠르게 스윙을 가져갔다.

후웅─!

'큭!'

눈앞을 지나가는 배트가 순간 시야를 가렸다.

그리고 공도 사라졌다.

따악─!

경쾌한 소리가 귀를 울렸다.

찬열이 벌떡 일어나 타구의 방향을 확인했다.

가운데 펜스를 넘어가는 타구가 눈에 보였다.

"제길……."

[버스터 포지의 벼락같은 스윙! 타구는 그대로 가운데 펜스를 넘어갑니다!]

[역시 내셔널리그 최고의 공격형 포수답네요. 정말 멋진 스윙이 나왔습니다.]

1 대 0.

1차전과 마찬가지로 자이언츠가 선취점을 가져갔다.

'조금 더 신중하게 갔어야 했는데.'

월드 시리즈에서 포지의 활약은 매서웠다.

첫 경기의 홈런이 그의 컨디션을 좋게 만들었다.

'괜찮을까?'

찬열의 시선이 마운드로 향했다. 벅홀츠의 등이 보였다.

몸을 돌리고 로진을 묻히고 있었다.

올라가야 되나? 고민이 되는 순간, 벅홀츠가 몸을 돌렸다.

"어?"

표정이 좋았다. 방금 홈런을 맞은 투수처럼 보이지 않았다. 좋은 신호였다.

'괜찮아.'

벅홀츠가 손을 들어 괜찮다는 제스처를 보냈다. 그제야 어정쩡한 자세로 서 있던 찬열이 다시 캐처 박스로 돌아갔다. 투수가 괜찮다는 이상 올라갈 필요는 없다.

'침착하다. 1차전이 예방주사가 되어서 한층 성장했다.'

만약 이 홈런이 처음이었다면 타격이 있었을 것이다.

한 번 입었던 충격이기에 견딜 수 있었다.

'투수가 멀쩡한데 내가 흔들릴 순 없지.'

찬열은 침착하게 벅홀츠를 리드했다.

그 결과.

딱─!

[2루수 앞 땅볼! 안전하게 잡아 1루에 송구! 아웃입니다!]

[홈런을 맞은 직후가 투수에게 가장 위험합니다. 1차전에서도 비슷한 장면을 연출했기에 걱정이 되었는데 기우에 불과했네요.]

[4회 말 레드삭스 공격으로 이어집니다!]

벅홀츠와 가볍게 하이파이브를 하고 더그아웃에 돌아온 찬열이 장비를 벗었다. 이번 이닝은 1번 제이코비부터 시작된다. 찬열까지 기회가 온다. 배트를 챙긴 그가 더그아웃의 한쪽에서 스윙 연습을 시작했다.

"정! 한 방 날려!"

"점수 되찾아와야지!"

관중석에서 팬들의 응원 소리가 들려왔다. 부담이 되는 선수도 있을 것이다. 하지만 찬열은 오히려 좋았다. 저들의 응원이 가까이에서 들리는 게 말이다.

'점수를 내주었으니 찾아와야지.'

준 게 있으면 받아야 된다.

후웅─!

찬열의 배트가 바람을 갈랐다. 묵직한 소리가 좌중을 압도

했다.

"와우!"

"오!"

몇몇 관중이 감탄을 터뜨렸다.

딱─!

그라운드에서 경쾌한 소리가 들려왔다.

시선을 옮기니 1루로 맹질주를 하는 제이코비가 보였다.

유격수가 1루로 공을 뿌렸다.

정확한 송구였다.

퍽─!

"아웃!"

아슬아슬한 타이밍.

하지만 1루심은 매정하게 주먹을 내질렀다.

[아쉽습니다. 발이 빠른 제이코비 선수이기에 세이프가 될 수 있을 거라 생각했는데요.]

[연결 동작이 너무 좋았습니다.]

[그렇군요.]

팀 린스컴은 단단했다.

다음 타자 역시 범타로 돌려세우며 순식간에 투아웃을 잡아냈다. 대기 타석에 서있던 찬열이 배트를 한 손으로 쥐었다. 팔뚝, 정확히 말하면 전완근이 갈라졌다.

'여기서 흔들어야 한다.'

경기의 흐름이 느껴졌다.

지금 이 순간 린스컴을 흔들지 못하면 롱런이 될 것이다.

또한 투수의 호투는 타자들에게도 영향을 미친다. 상대 타선이 더 살아나기 전에 확실히 균형을 맞추어야 했다.

배터 박스에 들어선 찬열이 자세를 잡았다.

사인을 교환한 린스컴이 와인드업을 했다.

"흡ㅡ!"

메이저리그에서는 왜소한 체격의 린스컴이지만 투구 폼만큼은 그 누구에게 뒤지지 않을 정도로 다이나믹했다.

등번호가 보일 정도로 상체를 뒤틀고 공을 뿌렸다.

쒜애애액ㅡ!

높은 포인트에서 뿌린 공이 매서운 속도로 날아왔다.

뻑ㅡ!

"스트라이크!"

96마일이 찍히는 빠른 패스트볼이 몸 쪽에 꽂혔다.

'전력을 다하는군.'

오늘 경기에서 그는 94마일의 패스트볼을 던졌다.

속도도 빨랐지만 무엇보다 힘이 있다. 공에 담긴 힘은 타자와 포수, 그리고 구심만이 알 수 있다. 그 외에는 아무도 모른다. 공이 느리다고 해서 힘이 없는 건 아니다. 그리고 빠르다고 해서 거기에 힘이 있는 것도 아니다.

'때렸어도 아웃이다.'

그래서 아쉬워하지 않을 수 있었다. 찬열은 타석에서 물러나 호흡을 가다듬었다. 선공은 뺏겼다.

하지만 조급해하지 않았다. 아직 기회는 이쪽에 있었다.

'린스컴과 포지는 오늘 경기에서 피하지 않았다.'

다른 타자와 상대할 때의 볼 배합을 떠올렸다.

빠른 승부를 해온 것이 떠올랐다.

'다시 스트라이크를 잡으러 올 것이다.'

과연 무슨 공을 던질까? 정석대로라면 변화구다. 그리고 유인구를 던질 것이다. 하지만 일류 선수인 린스컴과 포지가 과연 그런 선택을 할까? 아니, 그 전에 자신이 그렇게 리드를 할까?

고개가 저어졌다.

'변화구로 스트라이크를 잡는다.'

자신이라면 그렇게 리드를 한다.

'어떤 공으로?'

린스컴의 필살기라 할 수 있는 구종은 둘이다.

포심 패스트볼을 던진 직후에 던지면 효율이 좋은 공은?

'체인지업을 노린다.'

결정을 내린 찬열이 타석에 섰다.

사인을 교환한 린스컴이 전력을 다해 공을 뿌렸다.

"차앗-!"

맹렬한 소리와 함께 공이 날아왔다.

'몸 쪽!'

코스를 확인한 찬열의 배트가 돌아갔다.

후웅—!

묵직한 소리가 울렸다.

따악—!

뒤이어 경쾌한 타격 소리가 그라운드에 퍼져 나갔다.

[쳤습니다!!]

[아! 커요!]

타구가 높게 떠올랐다.

방향은 좌익수, 그린 몬스터가 있는 방향이었다.

찬열이 라인을 따라 달리며 배트를 내려놓았다.

그의 시선은 타구를 따라갔다.

[넘어갑니까?!]

해설위원의 목소리가 한반도를 흔들었다.

[넘어갑니다!!]

[이야~ 멋진 홈런이 나왔습니다!]

타구가 그린 몬스터를 넘었다.

동점 솔로 홈런이었다.

* * *

두 팀의 퍼펙트게임이 깨졌다.

신기하게도 퍼펙트가 깨지자 타선이 살아나기 시작했다.

공략하지 못했던 투수들이 공략당한 것이다.

그 결과 7회, 양 팀은 4 대 4 동점이라는 스코어를 이어가고 있었다.

벅홀즈와 린스컴은 6회를 기점으로 마운드를 내려갔다.

[8회 초! 자이언츠의 공격으로 경기가 시작됩니다. 레드삭스는 투수를 교체했습니다. 3차전 선발로 경기에 나섰던 카스티요 선수가 마운드에 올랐습니다.]

카스티요가 마운드에 올랐다. 떨리는 마음도 있었다.

3차전에서 좋은 모습을 보여주지 못했기 때문이다.

하지만 여기는 홈이다. 집처럼 편안한 마운드 위에 서 있었다. 그리고 자신을 신용해 준 코치진이 지켜보고 있었다.

'반드시 잘 던지겠어.'

당당하게 고개를 든 카스티요를 향해 찬열이 사인을 보냈다.

'포심, 바깥쪽.'

고개를 끄덕인 카스티요가 전력을 다했다.

선발도 아니고 계투다.

힘을 아낄 이유는 전혀 없었다.

"흐앗―!"

쐐애애액―!

뻐억―!

"스트라이크!"

[1구 99마일이 쩍힙니다!!]

공을 잡은 손이 찌릿찌릿했다.

힘이 가득 실린 공에 타자의 표정도 굳어졌다.

"나이스!"

카스티요도 신나하는 게 눈에 보였다. 프랑코나 감독의 계획이 제대로 들어맞았다.

'역시 녀석은 불펜이 더 어울려.'

올 시즌에는 선발에 구멍이 뚫려 카스티요를 선발 자원으로 이용했다. 하지만 프랑코나 감독은 그를 불펜으로 생각했다.

불펜은 여러 역할이 있다. 그중에 하나는 추격해 오는 상대의 의지를 꺾어내는 공을 던지는 것도 있었다. 카스티요는 그런 역할이 제격이었다. 제구가 되는 100마일의 빠른 공을 뿌리는 투수가 흔한 건 아니었으니 말이다.

"흐앗-!"

뻑-!

"스트라이크! 아웃!"

카스티요는 기대감을 백 퍼센트…… 아니, 200퍼센트 충족시켜 주었다.

[대단합니다! 세 타자를 모두 삼구삼진으로 처리하고 마운드를 내려가는 카스티요입니다!]

[압도적이라는 표현은 이럴 때 써야겠죠.]

압도적인 피칭은 분위기를 가져온다..

[8회 말! 1번 제이코비 선수부터 경기가 시작됩니다!]

레드삭스는 분위기를 타기 시작했다.

딱-!

[2구를 강타! 중견수 앞에 떨어지는 안타를 만들어냅니다!] 흐름을 타기 시작했다. 뒤이은 타자 역시 안타를 때려내며 순식간에 주자가 쌓였다.

그리고 타석에는…….

[정찬열 선수가 들어옵니다!]

모든 레드삭스 팬이 자리에서 일어났다.

홈구장이다 보니 거의 대부분의 관중이 일어난 것이다.

"정! 정! 정! 정!"

쩌렁쩌렁 경기장이 울렸다.

경기를 끝내달라는 팬들의 염원이 담긴 응원이었다.

찬열 역시 그럴 생각이었다.

'때린다.'

배터리는 신중했다.

자이언츠의 벤치 역시 고민이 많았다. 정찬열을 어떻게 할 것인가?

그를 거르는 방법도 있었다. 하지만 지금 상황에서 그 방법을 쓰는 건 자살행위다. 이기고 있는 상황이라면 모를까 지고 있다. 이런 상황에서 고의사구로 상대의 베스트 타자를 내보낸다? 찬물을 뒤집어쓴 팀 분위기에 얼음을 끼얹는 격이다. 자이언츠 감독은 도박을 했다.

'승부해.'

사인이 나오자 배터리가 고개를 끄덕였다.

원하던 바였다.

투수판을 밟는 투수의 모습에 찬열이 배트를 쥔 손에 힘을 주었다.

꽈악-!

장갑이 조이면서 가죽이 늘어나는 소리가 들려왔다. 찬열의 정신력이 그 어느 때보다 높아졌다.

'초구를……'

오래 끌 생각이 없었다.

이런 순간에 자신이라면 반드시 초구에 스트라이크를 요구할 것이다. 포지도 그럴 거라 생각했다.

왜냐하면…….

"차앗-!"

공이 스트라이크존 바깥쪽으로 날아왔다. 찬열이 발을 내디뎠다. 기둥이 만들어지는 순간 골반을 회전시켰다.

후웅-!

상체가 돌아가면서 스윙이 시작됐다. 시선은 끝까지 공에게 향해 있었다. 그의 눈에 배트와 공이 하나가 되는 순간이 들어왔다.

따악-!

[쳤습니다아아!!]

'왜냐하면 포지 역시 나와 비슷한 성향이니까.'

찬열은 자리에서 일어난 포지를 바라봤다. 황망한 표정을 짓는 그를 뒤로하고 1루로 달려갔다.

"와아아아아-!"

관중석에서 쏟아지는 환호 소리를 받으며 찬열이 1루 베이스를 밟았다.

그의 눈에 1루심이 손을 들고 돌리는 모습이 들어왔다.

[다시 한 번 쓰라린 홈런을 기록하는 정! 찬! 열!]

8회에 3점 차.

자이언츠는 그 점수를 따라올 여력이 없었다.

결국 9회 초.

뻐억-!

"스트라이크! 아웃!"

구심의 손이 올라갔다.

[레드삭스! 마지막 아웃 카운트를 잡습니다! 이로써 10시즌 월드 시리즈 우승자는 보스턴 레드삭스로 결정됩니다!!]

* * *

평소라면 경기가 끝나면 중계도 끝난다.

하지만 오늘은 아니었다.

[카스티요 선수에게 샴페인 세례를 받는 정찬열 선수입니다. 무척이나 즐거워 보입니다.]

[복수도 하네요. 이럴 때는 같이 어울려 주는 게 좋습니다.]

찬열이 소속된 레드삭스의 월드 시리즈 우승이었다.

이런 기회를 놓칠 리 없었다. 방송국에서는 월드 시리즈 시작부터 레드삭스가 우승을 했을 때는 뒤풀이까지 중계하기로 결정했었다. 그리고 그 계획이 이루어졌다.

나중에 알려진 일이지만 이날 최고 시청률은 찬열의 홈런 장면이 아니었다. 월드 시리즈 트로피를 들어 올렸을 때가 최고 시청률 53퍼센트를 찍는 기염을 토했다.

[월드 시리즈 MVP를 발표하는군요.]

[이건 안 봐도 당연한 겁니다.]

곧 중계 화면이 찬열을 비추었다.

[예상대로 월드 시리즈 MVP에는 정찬열 선수가 뽑힙니다!]

[월드 시리즈에서만 무려 5개의 홈런을 때려냈습니다. 당연한 거죠.]

월드 시리즈 5홈런은 메이저리그 타이기록이었다.

그의 MVP 수상은 당연했다.

[정찬열 선수 가족들도 카메라에 잡힙니다.]

[가족들과 함께 그라운드에 있는 모습이 참 보기 좋습니다.]

찬열은 그라운드로 나온 가족들과 포옹을 했다.

그 모습을 바라보는 또 한 명의 사람이 있었다.

바로 로버트 세로니였다.

"이제 본격적으로 움직일 때가 됐군."

월드 시리즈의 종료.

그것은 곧 스토브리그의 시작을 알리는 순간이었다.

스토브리그의 정식 명칭은 오프 시즌 딜, 혹은 윈터 에퀴지션이라 부른다.

하지만 과거 구단 관계자들이 스토브에 둘러앉아 협상을 벌이는 모습을 보고 팬들이 스토브리그라 불렀다. 몸으로 하는 정규 시즌과 달리 이 시기에는 각 구단들의 눈치 싸움과 천문학적인 돈과 핵심 선수들이 움직이는 시기다. 스토브리그가 관심을 모으는 이유였다.

"이미 아시겠지만 이번에 가장 주목을 받는 건 역시 미스터 정입니다."

로버트의 말에 김영재가 고개를 끄덕였다. 그동안 로버트와 함께 각 구단 관계자들을 만나면서 깨달았다. 메이저리그의 모든 구단이 찬열을 원하고 있다.

"레드삭스에서는 계약을 이루지 못할 걸 예상하고 퀄리파잉 오퍼를 제안할 겁니다. 정해진 수순이니 괜히 염려하실 필요는 없습니다."

"예."

로버트는 스토브리그에 관한 자세한 이야기를 해주었다.

자신이 정해둔 최저 연봉부터 시작해서 몇몇 구단이 관심을 표명하고 있는지까지 긴 시간을 할애해 설명했다.

"협상에는 꽤 오랜 시간이 걸릴 겁니다. 그사이 구단 관계자가 연락을 해오더라도 받으시면 안 됩니다. 만남은 더더욱 곤란하고요."

"알겠습니다."

"한국에는 언제쯤 들어가실 계획입니까?"

"이번 주 중으로 이곳을 정리하고 돌아갈 생각입니다."

"알겠습니다. 그럼 한국에서는 미스터 김이 잘 도와주길 바랍니다."

"걱정 마십시오."

스토브리그는 가장 민감한 시기다.

이상한 루머가 뜨면 곧 협상에서 불리한 자리에 위치하게 된다. 그렇기 때문에 선수들은 각별한 주의가 필요했다. 그 뒤로도 찬열은 한참 동안 로버트와 이야기를 나누다 헤어졌다.

* * *

일주일 뒤.

찬열은 가족과 함께 한국으로 돌아왔다.

인천공항에는 그를 보기 위한 수많은 취재진이 나와 있었다. 미리 준비를 했기에 따로 인터뷰를 진행했다.

가장 많은 질문은 역시 앞으로의 거취였다.

"이번 시즌이 끝나고 FA를 취득하셨는데요. 앞으로의 거취에 대해 한 말씀 부탁드립니다."

"협상에 관련해서는 에이전트에게 모두 위임을 했습니다. 제가 할 수 있는 건 내년 시즌을 위해 충분히 준비를 해야 된다는 겁니다."

찬열의 말에 기자들은 실망했다. 교과서적인 대답이었기 때문이다. 하지만 그의 말 한 마디 한 마디가 곧 기사화되어 포탈을 도배했다. 자연스레 한국 네티즌들의 관심이 쏠렸다.

[정찬열 얼마 받을까?]

[못해도 연 2천만에서 시작할걸?]

[ㄴㄴ 연 3천만부터 시작임.]

[님들 4천만은 받아야죠.]

심지어는 9시 뉴스에서도 찬열의 FA에 대해 보도를 할 정도로 국민적 관심이 몰렸다.

하지만 찬열은 그런 것에 신경 쓸 시간이 없었다. 그를 찾는 곳이 너무 많았기 때문이다. 한국에 들어와서 딱 하루 쉬고 다음 날부터 찬열의 오프 시즌이 시작됐다.

"찬열 씨, 오른쪽으로 살짝만 몸을 틀게요. 오케이! 아주
좋아요!"

유니폼이 아닌 정장을 입은 찬열이 카메라 앞에 섰다.

찰칵-! 찰칵-!

카메라가 플래시를 연신 터뜨렸다.

"오케이~! 잠깐 휴식할게요!"

휴식 시간이 주어지자 코디가 와서 이마에 묻은 땀을 닦아
주었다.

"찬열 씨, 좀 어때요?"

"아, 선생님. 아주 죽겠습니다."

사진기자가 찾아오자 찬열이 어색하게 웃으며 말했다.

"왜요?"

"긴장 돼서 죽겠어요. 이런 일에는 익숙하지가 않아서 말
이죠."

"하하! 수만 명 앞에서 매일 경기를 하는 메이저리거가 긴
장을 해요?"

"그거야 이제 적응이 돼서 괜찮죠."

"하긴 그렇긴 하죠. 참, 실례가 아니라면……."

등 뒤에서 야구공을 꺼내는 모습을 본 찬열이 미소를 지
었다.

"괜찮아요. 주세요."

"아이고, 고마워요. 아들 녀석이 야구부에 있는데 얼마나

찬열 씨 팬인지 몰라요."

"그래요? 이름이 어떻게 되죠?"

"건우, 김건우입니다."

야구공에 사인을 하고 건넸다.

"여기 있습니다."

이런 일은 비일비재했다. 일을 위해 어디를 가더라도 사인 요청은 줄을 이었다. 그래도 얼굴 한 번 찌푸리지 않고 모두 해주었다. 자신을 응원해 주는 사람들이기 때문이다.

덕분에 시간은 지체가 되었지만 말이다.

* * *

이틀째.

찬열은 수입차 브랜드인 BMW의 모델로 행사에 참가 했다.

"찬열 씨! 여기 좀 봐주세요!"

"포즈 한 번만 바꿔주세요!"

기자들의 요구대로 움직이는 게 곤욕이었다.

포토타임이 끝나고 잠깐의 휴식 시간이 주어졌다.

"후우-!"

"힘드냐?"

김영재가 음료수를 따서 건네며 물었다.

"아주 죽겠어요. 어째 카메라 앞에 서는 건 익숙해지지 않네요."

"그래도 찾아주는 곳이 있을 때가 좋은 거다."

"이러다가 훈련에 지장이 있을까 봐 그게 걱정이에요."

"넌 무슨 훈련 귀신이 붙었냐? 시즌 끝난 지 한 달도 안 지났다."

질렸다는 눈빛으로 바라보는 김영재의 모습에 찬열이 미소를 지었다.

그때였다.

똑똑-!

"예."

노크에 김영재가 대답했다. 당연히 관계자일 거라 생각했는데 의외의 인물이 들어왔다.

"잠깐 실례해도 될까요?"

방긋 웃으며 한 여인이 들어왔다.

"아, 예. 물론입니다."

머리 뒤에는 빛이 나는 것같이 아름다운 여인의 이름은 김지영이다. 여배우답게 아름다운 외모가 빛을 내고 있었다.

'그런데 왜 왔지?'

김지영과는 오늘이 초면이었다.

BMW의 공동 모델이 바로 그녀였다.

"저기 찬열 씨, 죄송한데 사인 한 장만 부탁드려도 될까요?"

"아~ 예. 물론입니다."

그동안 많은 사인을 해왔다. 하지만 여배우에게 해주는 건 처음이었다. 찬열은 그녀가 가지고 온 종이에 사인을 했다.

"어머, 사인 멋있네요!"

그때 김지영이 옆자리에 앉았다. 그러고는 과하게 붙었다. 부드러운 감촉이 팔뚝에 느껴질 정도로 말이다.

"하하…… 그런가요?"

어색하게 웃으며 옆으로 비켰지만 그녀는 거머리처럼 옆에 더욱 붙어왔다.

"네, 정말 멋져요."

이렇게 적극적으로 다가오는 여자는 처음이었다. 그래도 이대로 둘 수는 없었다. 조금 더 단호하게 대처해야 했다. 하지만 김영재가 먼저 나섰다. 그는 전화기를 꺼내 갑자기 전화가 온 척을 했다.

"예, 로버트. 아, 잠시만요."

영어로 이야기를 한 그가 귀에서 전화를 떼고 그녀를 바라봤다.

"지영 씨, 죄송하지만 잠깐 미국에 있는 에이전트와 통화를 해야 돼서 자리 좀……."

"아, 네."

경우가 없지는 않은 듯 그녀가 자리에서 일어났다.

"여기 사인……."

"고마워요. 다음에 시간 되면 밥 한번 해요. 제가 맛있는 거 사드릴게요."

"죄송하지만 시간이 날 거 같지는 않네요."

단호하게 거절을 하는 찬열의 태도에 김지영의 얼굴이 붉어졌다. 그러고는 마치 도망치듯 대기실을 나갔다.

"휴우-!"

문이 닫히자 한숨을 쉬는 찬열에게 김영재가 핀잔을 주었다.

"얌마! 그래도 여배우인데 단호하게 자르냐?"

"괜히 어정쩡하게 이야기해서 여지를 주는 것보다는 낫잖아요?"

"뭐, 그렇긴 하다만."

"참, 로버트한테 전화 왔다면서요?"

"전화는 무슨. 지금 미국은 새벽이다."

"아……."

찬열도 그제야 김영재의 의도를 눈치채고는 미소를 지었다.

"그것보다 김지영도 A급 여배우인데 저렇게 들이대는 걸 보니 연예계 쪽에도 네 소문이 쫙 났나 보다."

엘리트 운동선수는 신랑 후보로는 1등이었다.

그 이면에는 엄청난 수익이 있었다.

특히 찬열은 메이저리그 역사에도 남을 정도로 압도적인

연봉이 예고되고 있었다. 미혼자이다 보니 당연히 국내의 여자 연예인들에게 많은 관심을 받을 수밖에 없었다. 실제로 김영재를 통해 결혼 정보 회사에서 끊임없이 러브콜이 들어왔었다. 막대한 돈을 줄 테니 5번만 만남을 가져보라는 제안이었다.

상대 역시 대부분 배경이 엄청났다. 연예인들은 물론이거니와 사업에 성공한 엘리트 여성인들도 많았다. 심지어는 재벌가의 여식도 있었다. 하지만 거절했다.

그런 만남은 찬열에게는 내키지 않았기 때문이다.

"앞으로도 지금처럼만 행동하면 될 거다. 그럼 괜한 스캔들이 나오지 않을 거야."

"예."

이제 어디를 가도 시선을 받는 찬열이다.

더욱더 주변 관리에 철저해야 했다. 그때 전화가 울렸다.

번호를 확인한 찬열의 얼굴에 반가운 빛이 나타났다.

"예, 현우 형님!"

상대는 박현우였다.

* * *

인천의 한 정육 식당.

시끌벅적한 식당 안으로 찬열이 들어섰다.

그러자 안에 있던 사람들이 일제히 일어나 그를 맞이했다.

"찬열아!"

"메이저리거가 왔네!"

"오랜만이다!"

반갑게 맞이해 주는 동료들을 보며 찬열의 입가에 미소가 그려졌다.

"다들 오랜만이에요!"

오늘 이 자리는 인천 와이번스 선수단의 정기 모임이었다.

미처 몰랐는데 박현우가 전화를 해준 덕에 올 수 있었다.

"바쁠 텐데 와줘서 고맙다."

"당연히 와야죠. 형님, 잘 지내셨죠?"

"그럼 잘 지냈지."

"야야! 이거 안 보이냐? 현우 형의 인격이 아주 푸짐해지셨다."

얼굴이 빨개진 윤정길이 박현우의 뱃살을 만지며 말했다.

"얌마! 너 취했냐?!"

"하하! 좀 마셨습니다."

오랜만에 만나는 동료들의 모습에 찬열은 미소를 지었다.

"자자, 인사는 그만하고 어서 앉자."

"예—!"

각자 자리에 앉고 본격적인 술자리가 시작됐다.

찬열도 오늘은 술을 빼지 않았다. 조절을 하긴 했지만 말이다. 오랜만에 만났지만 동료들과의 분위기는 어색하지 않았다. 마치 어제도 같이 경기를 뛴 사람들처럼 말이다.

하지만 모든 사람이 그런 건 아니었다. 자리의 끝에 앉아 뻘쭘하게 소주잔을 기울이는 청년들이 있었다. 분명 신체는 건장했는데 얼굴은 아직 앳됐다.

"형님, 처음 보는 얼굴이네요?"

찬열이 눈짓으로 그들을 가리키며 현우에게 물었다.

"아, 넌 모르겠구나. 올해 와이번스에 들어온 병아리들이다. 얘들아!"

현우가 손짓으로 부르자 그들이 자리에서 일어나 다가왔다.

"너희들 찬열이 처음 보지?"

"예…… 예! 영광입니다! 선배님!"

그들 중 한 명이 큰 소리로 외쳤다.

유독 체격이 큰 녀석이었다.

"크큭, 이놈 포지션이 포수거든. 그래서 너 만난다고 잔뜩 기대했나 보다."

"그래요? 반가워요."

찬열이 손을 내밀자 그가 두 손으로 손을 맞잡았다.

'아직 어리네.'

손바닥에 굳은살이 말랑말랑한 걸 봐서는 더 노력해야 했다. 그 역시 찬열의 손바닥에 박혀 있는 굳은살을 느꼈는지 놀란 표정을 지었다. 하지만 이내 비장한 표정으로 바뀌었다.

찬열은 신인 선수와 모두 악수를 했다. 모든 이가 놀란 표정을 지었지만 첫 번째 선수처럼 비장하게 바뀌지는 않았다.

그게 무엇을 의미하는지 알았지만 찬열은 별다른 말을 하지 않았다. 신인들이 자리로 돌아가자 현우가 조용한 목소리로 말했다.

"첫 번째 녀석 눈빛 쓸 만하지?"

"그러게요."

"내년부터 내가 가르칠 생각인데 제2의 정찬열을 만들어볼 생각이다."

"가르쳐요?"

"응, 와이번스 2군 배터리 코치로 부임하게 됐다."

"오! 축하드려요!"

"고맙다."

현우와 웃으며 잔을 부딪쳤다.

"참, 너 다음 주 토요일에 시간 비냐?"

"토요일이요? 확인해 봐야 될 텐데. 무슨 일 있으세요?"

"친선경기가 있거든. 어려운 애들 도와주는 경기라서 홍보 좀 많이 하고 싶은데 네가 와주면 큰 도움이 될 거 같다."

"아―! 그럼 시간 내볼게요. 이 자리에서 확답은 못 드리지만 내일 영재 형님이랑 상의하고 연락드리겠습니다."

"그래, 고맙다."

쨍─!

다시 한 번 잔을 부딪친 두 사람이 가볍게 술을 입안에 털어넣었다.

즐거운 술자리는 새벽이 되도록 이어졌다.

to be continued

온후 현대 판타지 장편 소설

던전 사냥꾼

Dungeon Hunter

나는 실패했고, 다시 도전한다.
더 이상 실패란 없다!

마왕이 되고자 했으나 실패한 랜달프
생의 마지막 순간
과거로 돌아오다!

다시 한 번 주어진 기회
이제 다시는 잃지 않겠다!

지구에 나타난 72개의 던전과 그곳의 주인들.
그리고 각성자들.
나는 그들 모두를 잡아먹는 사냥꾼이다.

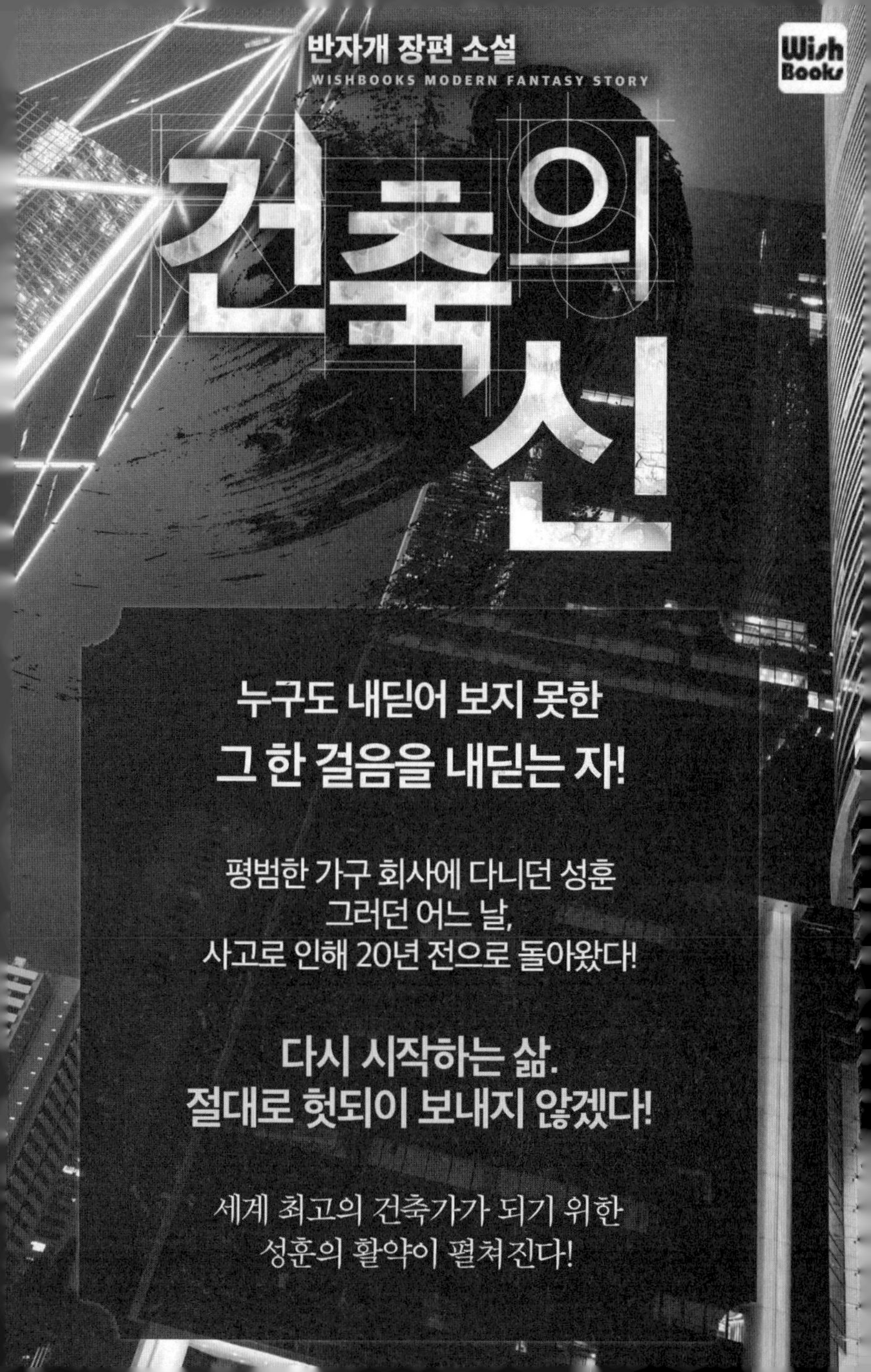
반자개 장편 소설
WISHBOOKS MODERN FANTASY STORY
Wish Books
건축의 신
누구도 내딛어 보지 못한
그 한 걸음을 내딛는 자!
평범한 가구 회사에 다니던 성훈
그러던 어느 날,
사고로 인해 20년 전으로 돌아왔다!
다시 시작하는 삶.
절대로 헛되이 보내지 않겠다!
세계 최고의 건축가가 되기 위한
성훈의 활약이 펼쳐진다!

Wish Books

우지호 장편소설

빅 라이프

돈도 없고 인기도 없는 무명작가 하재건,
필사적으로 글을 써도
절망뿐인 인생에 빛은 보이지 않는데…….

어느 날,
그가 베푼 작은 선의가
누구도 믿지 못할 기적이 되어 찾아왔다!

'글을 쓰겠다고 처음 결심했던 때를
잊지 말게.'

무명작가의 인생 대반전!
지금 시작됩니다.

내 안에 몬스터 있다

형상준 현대 판타지 장편소설

태양의 흑점 폭발과 함께 새로운 시대가 찾아왔다!

마나와 능력자, 그리고 몬스터가 존재하는 현대.
그리고 그곳을 살아가는 마나석 가공 판매업자 김호철.
평소처럼 마나석을 탄 꿀물을 마시던 그는
번개에 맞고 신비로운 힘을 각성하게 되는데……

'내 안에서 몬스터가…… 나왔다?'

그것도 김호철이 먹은 마나석의 개수만큼 많이.